ORGASMES & PRÉJUGÉS

Éditions Kiwi
5, rue de Charonne, 75011 Paris

Directeur éditorial : Édouard Frison-Roche
Responsable éditoriale : Katia Kaloun
Édition : Lucie Bernamont
Création graphique et mise en pages : Charlotte Thomas

ISBN : 978-2-37883-144-8

Lucy Rose

Préfacé par Vaimalama Chaves

ORGASMES & PRÉJUGÉS

Ce qu'elles n'ont jamais osé vous dire

KiWi

**« TOUS LES PLAISIRS SONT FADES
S'IL NE S'Y MÊLE UN PEU D'AMOUR… »**

Molière, *La Princesse d'Élide*, 1664

SOMMAIRE

AVERTISSEMENT

Ce livre a été écrit afin d'informer la gent masculine des désirs secrets et des fantasmes inavoués des femmes. Il donne la parole à ces dernières afin que leurs partenaires aient enfin toutes les clés pour les satisfaire. Je suis partie d'un constat simple pour écrire cet ouvrage : si les femmes parlent de plus en plus de leur plaisir et de leur sexualité entre elles, elles n'osent pas forcément encore en parler avec leurs partenaires masculins. En conséquence de cela et du tabou qui a longtemps prévalu autour du plaisir féminin, beaucoup d'hommes n'ont pas les outils ou les connaissances qui leur permettraient de satisfaire leurs partenaires et, souvent, ils se sentent exclus des discussions féminines sur l'orgasme et le plaisir féminins.

Ainsi, cet ouvrage est destiné à instruire, aider et informer les hommes sur les multiples façons de donner du plaisir à une femme. Le but ? Tout simplement et très modestement devenir l'amant idéal. Et qui mieux qu'une femme pourrait enfin dévoiler et révéler aux messieurs les meilleures techniques pour devenir un amant incomparable ? D'ailleurs, et parce que plusieurs avis valent mieux qu'un, des centaines de femmes ont été interviewées et interrogées pour réaliser ce livre. Elles partagent ici tous leurs précieux conseils. Ce livre a également été écrit comme un espace d'échange où les femmes peuvent révéler ce qu'elles souhaitent vraiment au lit, sans aucun tabou ni jugement.

Ce manuel s'appuie également sur des avis d'expert·e·s et des témoignages de médecins. Tous ces conseils sont donnés dans un but bienveillant et humaniste, dans le respect de chaque pratique et de chaque désir. N'oubliez pas que vous-même et votre partenaire êtes uniques, et qu'il vous faudra donc sélectionner et adapter ces conseils à votre situation ; l'essentiel reste bien sûr la communication. Comme vous le savez, chaque femme est différente et chacune a ses préférences. Dans tous les cas, ce livre vous offrira un large panel de pratiques à votre disposition.

Après votre lecture, vous en saurez beaucoup plus que la majorité des hommes sur le fonctionnement de l'esprit féminin, sur leur corps et sur leur plaisir, alors n'oubliez pas de partager ce savoir et de le mettre en application !

PRÉFACE

J'ai ri, j'ai rougi et vous dis : « Merci ! » Enfin, des mots peuvent être mis sur ce que nous ressentons. Il est parfois difficile d'exprimer clairement tout ce que nous avons en tête, mais le livre *Orgasmes et Préjugés* est bel et bien à partager. Alors, messieurs, tenez-vous bien ! Soyez prêts à être ébranlés et à repartir plus armés que jamais !

Vaimalama Chaves

INTRODUCTION

« LA FEMME JOUIT DU BONHEUR QU'ELLE PROCURE. »

Pierre Choderlos de Laclos,
Les Liaisons dangereuses

Sûrement l'un des plus grands mystères de l'humanité… L'orgasme féminin. Objet de toutes les convoitises depuis des siècles, il semble pourtant rester insaisissable et, malgré le temps qui passe, ses voies demeurent impénétrables. Selon une étude de l'Ifop publiée en 2019 sur l'*orgasm gap*[1], ou « écart d'orgasme » en français, plus d'une femme sur deux aurait déjà simulé l'orgasme avec son partenaire régulier (58 %), et près de 41 % des femmes cacheraient à leurs amies qu'elles n'ont pas d'orgasme avec leur amant. Ne pas avoir d'orgasme serait-il devenu une honte pour les femmes ? Trop souvent jugé inaccessible, l'orgasme féminin inquiète, tourmente et fascine depuis toujours. Réputé plus puissant et plus intense que celui des hommes, sa quête ressemblerait presque à celle du Graal.

L'avez-vous déjà procuré à une femme ? La plupart des hommes répondront « oui » sans la moindre hésitation mais, messieurs… il est grand temps de vous révéler un secret bien gardé : beaucoup de femmes n'ont pas, voire n'ont même jamais eu, d'orgasme avec

1. Étude Ifop pour Online Seduction réalisée par questionnaire auto-administré en ligne, du 18 au 21 janvier 2019, auprès d'un échantillon de 1 210 personnes représentatif de la population française âgée de 18 ans et plus.

un homme. Oui, *jamais*. Pourquoi ? La vérité c'est que, souvent, une femme aura peur de froisser l'ego de son Mâle pendant le rapport sexuel. Après tout, comment dire poliment à cet homme séduisant qu'il ne s'y prend pas correctement au lit ? Alors, pour lui plaire, elle fera davantage attention à son plaisir, au détriment du sien. Un véritable tabou né d'une crainte de se mettre véritablement « à nu » devant l'autre.

Loin de moi l'idée de vous blâmer, parce que finalement, une femme vous a-t-elle déjà expliqué comment la toucher ou les bons gestes à adopter pendant l'acte pour la faire jouir ? Non, ces femmes sont extrêmement rares. Mais ne vous inquiétez pas, après avoir lu ce livre, votre vie ne sera plus jamais la même.

Avec cet ouvrage, je tiens à vous dévoiler enfin toutes les clés du plaisir et de l'orgasme féminins. Tout ce que vous avez toujours voulu savoir sans jamais oser le demander. Après tout, qui de plus avisé qu'une femme pourrait vous apprendre comment combler sexuellement celle que vous convoitez ? Installez-vous confortablement et détendez-vous. Ce livre fera de vous un expert en la matière. Et parce que l'amant idéal est également un redoutable séducteur, je vous livre les secrets, comportements et habitudes qui vous démarqueront de tous les autres hommes. Autant d'astuces et de conseils qui feront de vous un séducteur et un amant incomparable.

Même si chaque femme est différente et que chacune a ses préférences et ses limites, quelques techniques demeurent incontournables. D'autres, au contraire, sont clairement et définitivement à proscrire. Grâce à cet ouvrage, vous saurez tout : séduire et charmer une femme, dompter et intensifier son plaisir, mais aussi toutes les astuces qui permettent de détecter et de déclencher son précieux orgasme.

Sachez-le, pour une femme, trouver un homme capable de lui donner un orgasme est rare, très rare. Alors, lorsqu'elle aura la chance de vous rencontrer, vous qui aurez été initié et qui connaîtrez parfaitement l'esprit et le corps des femmes, une chose est sûre : vous serez un homme admiré, comblé et aimé plus qu'aucun autre...

DEVENEZ UN GRAND SÉDUCTEUR

> **RIEN N'EST PLUS SÉRIEUX QUE LE PLAISIR.**
>
> Jean Cocteau

Avant de pouvoir démontrer vos grandes capacités au lit avec une femme, il est primordial que vous connaissiez quelques astuces qui vous permettront de séduire celle que vous convoitez dès les premiers instants de la rencontre.

Vous devez avant toute chose maîtriser les secrets pour éveiller le désir chez votre amante potentielle, afin qu'elle ait envie de coucher avec vous. Généralement, tout se joue dans les débuts de la relation, par des attitudes et des comportements qui vous démarqueront des autres hommes. Or de petites erreurs peuvent s'avérer fatales et faire fuir celle que vous désirez. Pire, la plupart du temps, vous ignorez totalement que ce sont des erreurs et qu'elles ruinent votre potentiel sexuel.

Ainsi, ce premier chapitre répond à vos interrogations concernant le vaste thème de la séduction. Quelles sont les erreurs à ne plus commettre lorsque vous rencontrez une femme ? Quelles sont ces attitudes que vous pensez viriles mais qui s'avèrent totalement inutiles, voire contre-productives ? Comment aborder les femmes ? Quelles sont les choses à dire ou à ne pas dire lors des premiers rendez-vous ? Quels sont les lieux à privilégier ? Comment donner envie à une femme d'aller plus loin avec vous ?

Chapitre 1

ABORDER CELLE QUI VOUS PLAÎT

Après les phénomènes #BalanceTonPorc pour dénoncer les harceleurs de rue et #MeToo lancé par les victimes du producteur Harvey Weinstein, les femmes – et les hommes – ont ouvert les yeux quant au fait que certaines « techniques de drague » se rapprochaient en réalité davantage du harcèlement, voire de l'agression. Malheureusement, #MeToo et les autres mouvements ont effrayé certains hommes qui avaient pourtant des intentions tout à fait honorables vis-à-vis de la gent féminine. Craignant d'être rapidement assimilés à de véritables porcs, certains n'osent carrément plus adresser la parole à une inconnue. Pourtant, il est tout à fait possible d'aborder une femme avec une séduction légère et élégante.

Alors, quel est le processus réglementaire d'une sérénade courtoise et sans accroc dans un lieu public ? Comment savoir si une femme est ou n'est pas intéressée par votre douce personne ? Et comment draguer sans devenir un vulgaire phacochère ?

OÙ ET COMMENT L'ABORDER ?

Vous vous baladez tranquillement tel un jeune éphèbe... Soudain, tout s'arrête. Vous croisez cette femme qui attire votre regard... Si, d'habitude, vous ne tentez pas par peur, ou simplement parce qu'au fond, elle ne vous plaît pas suffisamment pour faire le premier pas, celle-ci, c'est sûr, vous ne voulez pas la laisser filer. Oui, mais vous ne savez pas comment faire. Et ce ne sont pas vos homologues masculins à peu près tous inexpérimentés en la matière qui pourraient vous souffler de bonnes idées. Alors, que faire ?

L'approche indirecte

Option 1 : demander son chemin

« Je recherche une boutique, une rue, un café... Pourriez-vous m'aider ? » Classique. Vous pouvez aussi, pour plus d'originalité, mentionner un lieu qui sort de l'ordinaire : « Je recherche une bibliothèque, un salon de thé... » Le but est de choisir un lieu que peu d'hommes recherchent pour vous démarquer et la faire sourire immédiatement.

→ **Attention :** évitez de dire que vous recherchez un salon de massage, un sexshop, ou n'importe quel autre lieu avec une connotation sensuelle ou sexuelle évidente. Restez dans la finesse et dans la sobriété.

Option 2 : demander un conseil, un service

« Je recherche un cadeau pour ma sœur/ma mère, pourriez-vous m'aider/me conseiller ? », si vous êtes dans une boutique, par exemple. N'oubliez pas d'avoir l'air perdu et confus, pour que ce soit crédible.

Le célèbre « Auriez-vous du feu ? » est réservé aux fumeurs. Par contre, ne demandez pas une cigarette, au risque de passer pour un gratteur.

L'approche directe

Option 1 : la complimenter

Abordez-la pour lui dire pourquoi elle vous attire. Cherchez à complimenter un détail plutôt qu'un aspect général : remplacez le compliment banal, vu et revu, de type « vous êtes magnifique » par un compliment sur ses cheveux, ses vêtements, sa démarche, son allure… Cela sonnera moins lourd et passe-partout.

Par exemple, si la femme est parfumée, dites-lui que son parfum vous plaît et demandez-lui le nom de celui qu'elle porte. Et si vous reconnaissez son parfum, mentionnez-le et dites-lui ô combien cette fragrance lui sied à merveille.

Option 2 : faire tapis

Pas « tapisserie », tapis ! Parfois, si vous voulez y aller de manière directe, il faut y aller vraiment. Ne vous contentez pas d'un petit compliment. Pour mener à bien cette option, il faut avoir du cran et tout miser. Dites-lui que vous n'avez jamais vu de femme aussi belle, qu'elle a illuminé votre journée. Certains diront même : « Une femme comme vous, j'en ferais la femme de ma vie. » Bref, abusez, exagérez, soyez dithyrambique. Ça passe ou ça casse mais, au moins, votre audace marquera à coup sûr la femme en face de vous.

L'approche directe & indirecte

Si vous la maîtrisez bien, cette approche est à la fois intelligente et fine. Elle consiste à dire quelque chose de drôle et légèrement choquant pour attirer l'attention de celle que vous convoitez.

Prenons l'exemple d'une terrasse. Vous êtes attablé avec des amis et repérez une charmante demoiselle non loin de vous. Faites une blague osée à l'un de vos amis à voix haute de sorte que la jeune femme convoitée entende votre boutade. Si vous constatez qu'elle vous regarde et qu'elle semble réceptive à votre humour et à votre prestance, il ne vous reste plus qu'à engager la conversation, l'air de rien... Attention cependant au type d'humour ! Évitez toute blague grasse et abstenez-vous de rire *de* quelqu'un.

Ça y est, vous vous êtes jeté à l'eau et avez tenté une approche. Vous voilà devant celle qui vous a séduit. Comment pourrait-elle être séduite à son tour ?

PRENDRE UN RÂTEAU... AVEC CLASSE !

« Plaire à tout le monde, c'est plaire à n'importe qui », comme le soulignait avec pragmatisme Sacha Guitry. Sachez que même les meilleurs séducteurs prennent un râteau de temps en temps. Bien loin d'être offusqués par ce rejet, cette expérience leur sert au contraire à peaufiner leurs discours et leurs futures approches qui n'en seront que meilleures. L'essentiel est d'oser aborder une femme et d'accepter avec philosophie que l'attirance puisse ne pas être réciproque. Ainsi, si la jeune donzelle en face de vous présente un ou plusieurs des signes suivants, passez cordialement votre chemin. Vous perdez votre énergie face à une dame qui n'est définitivement pas réceptive à vos avances.

La communication verbale

La jeune femme vous dit clairement qu'elle n'est pas intéressée ou qu'elle est en couple. N'insistez pas, elle a été claire. Il est inutile de dire que vous n'êtes « pas jaloux », très peu de personnes sont adeptes de la polygamie et, si c'était son cas, elle vous aurait manifesté son intérêt.

La communication non verbale

La jeune femme regarde ailleurs, a les bras croisés, soupire. Elle a un sourire crispé ou fuit. Par pitié, ne la suivez pas pour tenter de la faire changer d'avis, acceptez simplement et dignement son rejet, puis passez à autre chose. Après tout, votre temps est précieux, non ?

JOUEZ CARTES SUR TABLE

Si celle que vous convoitez n'a pas montré son désintérêt au premier abord, vous pouvez passer à l'étape suivante. Très simple, rapide et surtout très efficace, cette stratégie est redoutable auprès des jeunes femmes, y compris des plus courtisées ; elle fait d'ailleurs ses preuves depuis des décennies.

Le principe ? Si vous ne l'avez pas déjà fait en l'abordant, faites-lui part de votre intérêt, dites-lui ce qui vous la rend désirable – combien elle est belle, drôle, intéressante... selon la discussion que vous avez pu avoir – et laissez-lui tout simplement votre carte de visite ou un mot avec votre nom et votre numéro. Les plus audacieux oseront le « c'est la première fois que je fais cela ».

Croyez-moi, elle sera ravie d'avoir affaire à un homme aussi élégant et distingué. Dans tous les cas, vous ferez forte impression. Ce petit geste simple peut même susciter chez la femme convoitée un intérêt qu'elle n'aurait peut-être jamais eu en temps normal. Rien qu'avec un petit bout de papier.

MANUEL DU BON TEXTO

Vous lui avez laissé votre numéro, et elle vous a envoyé un message ? Bravo, elle semble avoir été charmée par votre sérénade et par votre allure. Le but est désormais d'avoir un rendez-vous avec la femme que vous convoitez tant. Voici un petit panel des choses à dire et à ne pas dire, à faire et à ne pas faire si vous voulez conserver toutes vos chances. Ne faites pas partie de ceux qui oublient ces quelques règles de savoir-vivre pourtant essentielles. Avant toute chose, ne confondez pas vitesse et précipitation et vous aussi, faites-vous désirer. La séduction n'en sera que plus plaisante, agréable et, surtout, plus efficace.

Règle n° 1 : l'orthographe, tu soigneras

Un homme a beau nous plaire au premier abord, s'il nous envoie des messages du style « sa va », son *sex-appeal* retombera instantanément comme un soufflé. Quelques fautes ne sont pas dramatiques, mais faites attention, soignez votre texto, il est important de faire bonne impression. Donc, apprenez-le une bonne fois pour toutes, on écrit « ça va », avec un « c » comme conjugaison – vous pouvez faire l'impasse sur la cédille mais si vous désirez vous démarquer encore un peu plus, mettez-la.

Évitez également les abréviations, pas de « Cc » (« coucou »), « pk » (« pourquoi ») et autres raccourcis. N'avez-vous pas assez de temps à consacrer à cette femme pour au moins daigner écrire un texto correct ?

Vous êtes peut-être *overbooké*, mais prenez le temps d'écrire vos textos, c'est bien plus important qu'il n'y paraît. N'oubliez pas, une belle femme reçoit souvent de nombreux messages d'hommes qui tentent d'attirer son attention. Il va donc falloir vous démarquer de la masse. La première règle incontournable pour cela est de soigner votre orthographe. Vous devancerez ainsi tous ceux qui n'ont pas envie de faire d'effort particulier.

« Les mecs qui font des fautes en écrivant qu'ils s'en foutent que ce soit nul tant que ça va vite, t'imagines bien comment ils baisent... »

LUCIE

Règle n° 2 : les banalités, tu éviteras

Ce n'est pas parce que vous avez eu son numéro et que vous avez réussi à susciter son intérêt qu'il faut vous lancer dans une course aux textos effrénée d'une platitude exécrable. Vous venez de la rencontrer, il va falloir lui donner envie de mieux vous connaître et de découvrir votre merveilleuse personne en toute subtilité et, surtout, en douceur.

Halte aux messages lourds et sans aucun intérêt du type « comment ça va ? » ou « tu fais quoi ? ». Rappelez plutôt un petit détail survenu lors de votre rencontre ou mentionné lors d'une précédente conversation. Ne lui dites pas tout de suite combien vous la trouvez sexy et attirante, vous aurez tout le loisir de la complimenter lorsque vous serez face à face. Montrez de l'intérêt pour elle, sa personnalité. Allez-y en douceur. Et surtout, ne la harcelez pas de messages. Calquez-vous sur son rythme pour répondre, tout simplement.

Règle n° 3 : de lui donner envie d'aller plus loin, tu tenteras

Le but est de faire monter la température et de faire naître une réelle complicité entre vous. Ne lui dites surtout pas tout de suite que vous souhaitez la revoir. Apprenez d'abord un peu plus à la connaître. Vous devez inverser les rôles. Ce n'est pas elle qui a les cartes en main, non, c'est vous. Amenez-la à penser que vous n'êtes pas un garçon facile et qu'avant d'envisager un potentiel rendez-vous, vous désirez un peu mieux la découvrir. Vous vous démarquerez ainsi de tous ses autres soupirants. Après tout, les hommes aussi doivent savoir se faire désirer...

Le but ultime ? Qu'elle se dise : « Mais quand va-t-il enfin me proposer un rendez-vous ? » Projetez-vous avec elle dans un potentiel rendez-vous sans pour l'instant fixer concrètement une date. Une fois qu'une réelle complicité s'est mise en place, mettez la cerise sur le gâteau : proposez (enfin) de vous revoir.

Règle n° 4 : les mots doux au 3e texto, tu éviteras

Non, elle n'est pas votre « bébé ». Cela ne fait que 24 à 48 heures que vous la connaissez et il est bien trop tôt pour envisager de tels surnoms frivoles. Pire, cela vous ferait passer pour un homme désespéré. Et non, cela ne lui plaira probablement pas. Oubliez aussi à tout prix le fameux « belle gosse », à la mode dans les années 1990 mais désormais totalement désuet. Idem pour « Beauté » et « Belle », vous n'êtes pas Quasimodo. Autre erreur, heureusement peu courante, dire « Je t'aime » au premier rendez-vous – ou avant ! Oui, vous avez bien lu. Après un instant de flatterie que la femme ressentira, elle se dira rapidement que vous la baratinez ou bien vous la ferez simplement fuir.

Bonus : écrire le premier texto ou « SMS d'approche »

C'est elle qui vous a donné son numéro et non l'inverse ? Il vous revient donc d'amorcer la conversation.

Ici, aussi, oubliez le « Comment ça va ? » ou le banal « Salut ». Il va falloir faire bonne impression dès les premiers échanges. Le plus important est de lancer la conversation. Après tout, il se peut qu'elle ne vous réponde jamais, ou que votre relation reste à jamais virtuelle. Pour éviter cela, deux options s'offrent à vous : l'humour et la personnalisation.

Pour l'humour, vous pouvez oser le GIF pour briser la glace. Bien choisi, il fera sourire votre cible et permettra de détendre l'atmosphère instantanément. Quant à la personnalisation, il vous suffit de poser tout de suite une question qui la concerne personnellement, et qui montrera que vous avez été attentif lors de votre rencontre.

Par exemple, pour amorcer une conversation avec une fille rencontrée lors d'une soirée, vous pouvez demander : « Pas trop fatigant hier ? » Ne comprenant pas trop ce message, elle vous demandera d'expliciter votre propos. Il vous suffira de répondre : « Honnêtement, je n'ai jamais vu une fille se faire autant draguer en soirée. Je sais que je fais partie des coupables, mais bon, j'imagine que ça doit être épuisant. » La conversation est amorcée et, en prime, vous la flattez subtilement.

Chapitre 2

POUR UN RENDEZ-VOUS RÉUSSI

PREMIERS *DATES* : OÙ ALLER POUR SÉDUIRE UNE FEMME ?

La tâche est complexe, je vous l'accorde. Séduire une femme passe aussi par des choix en apparence banals et sans importance. Ici, le choix du lieu pour vos premiers rendez-vous. Il ne s'agit pas de trop en faire, au risque de l'effrayer, mais pas non plus de jouer le célibataire endurci je-m'en-foutiste. Bannissez le PMU de votre quartier et privilégiez un lieu calme, chaleureux et cosy. N'oubliez pas que la dame sera, comme vous, sûrement légèrement stressée, votre but sera donc de la mettre à l'aise. Voici trois lieux qui ressortent comme d'excellents souvenirs dans les cercles féminins très fermés que j'ai consultés.

Le resto ou bistrot d'un ami

Là, vous marquerez plusieurs points. D'une, vous pourrez faire l'homme populaire qui connaît du monde, point non négligeable qui fait fondre n'importe quelle femme si vous savez le manier avec délicatesse et élégance. Surtout, votre conquête se dira que c'est une manière pour vous d'officialiser la relation avec l'un de vos proches et, par la même occasion, que vous êtes fier de vous afficher en sa compagnie. Et là, vous pouvez être sûr qu'elle sera sous le charme... Mieux, elle se concentrera davantage sur le fait de plaire à votre ami et sera moins attentive à vos éventuelles bévues ou maladresses.

Le restaurant de son choix

La jeune femme pourra ainsi choisir un lieu qui lui est familier et dans lequel elle se sentira totalement à l'aise. Vous lui indiquez également que vous êtes prêt à lui faire plaisir, peu importe l'endroit qu'elle choisira.

Attention, cela peut se retourner contre vous. Si votre conquête ne semble pas disposée à choisir et vous enjoint de décider, n'insistez pas, vous passeriez simplement pour une personne incapable de faire des choix.

Le restaurant italien

Cette option est une valeur sûre. Gourmand et réputé très romantique, le restaurant italien permet en plus d'avoir une large gamme de plats et de desserts pour satisfaire tous les goûts. Choisissez-le avec soin, privilégiez un établissement avec une ambiance tamisée. Bien sûr, n'optez pas pour une chaîne de pizzerias pour suggérer d'emporter les pizzas chez vous « en tout bien tout honneur ».

Dernière petite astuce : au moment où le vin arrive à table, un vrai gentleman prend l'initiative de goûter pour ne pas mettre dans l'embarras la femme en face de lui – après lui avoir demandé si cela ne la dérangeait pas, par courtoisie, vous ne cherchez pas non plus à vous imposer. De même, à la fin du rendez-vous, l'addition est bien entendu pour vous, sauf si votre conquête insiste sur le partage équitable.

LES 6 CHOSES À NE SURTOUT PAS DIRE AU PREMIER RENDEZ-VOUS

Le premier rendez-vous est souvent source d'excitation, mais aussi et surtout de stress. « Vais-je lui plaire ? », « Comment m'habiller ? », « Où l'emmener ? » Rassurez-vous, tout va bien se passer.

En tout premier lieu, il vous faudra faire attention à vos propos. Tout comme pour un entretien professionnel, vous devrez montrer toute l'étendue de vos qualités et dévoiler avec subtilité l'ensemble de vos atouts – oratoires, pour le moment, bien entendu. Voici un petit florilège des phrases et des questions à bannir de vos premières conversations. (Sachez que toutes ces phrases sont tirées d'histoires vraies !)

« Tu fais des squats ? »

Elle se doute bien que vous avez déjà regardé son merveilleux et somptueux fessier, il n'est absolument pas nécessaire de lâcher cette phrase lourde, ou n'importe quelle autre du même acabit se rapportant à son derrière. Alors oui, c'est de l'humour. Mais même la fille la plus intéressée qui soit par votre personne aura le sentiment de perdre son temps avec vous si vous commencez votre conversation par ce genre de plaisanterie. Vous passeriez très rapidement pour un benêt et cette simple question pourrait ruiner votre rendez-vous. La jeune demoiselle déduira immédiatement que vous n'êtes intéressé que par ses fesses. Et elle aura peut-être raison ?

« Avec combien d'hommes as-tu couché ? »

Pourquoi tant de précipitation ? Laissez encore planer le mystère et le doute sur vos passés respectifs pendant quelque temps, voire pour toujours, pour les plus habiles. Car poser cette question invite inévitablement votre interlocutrice à vous la renvoyer. Seriez-vous prêt à répondre à cette question en toute franchise ? Vous risquez également de passer pour un macho, voire un jaloux maladif. La variante un peu plus subtile : « Avec combien d'hommes es-tu sortie ? » est à éviter aussi.

« T'as pas une copine avec qui passer la soirée ? »

Bon, là, pas besoin de beaucoup plus d'explications. Soit vous n'avez aucune considération pour votre partenaire, soit vous êtes un peu comme Heidi qui gambade dans la campagne : jeune, fougueux et inconscient. À moins d'être un polygame qui s'assume, et de savoir que votre interlocutrice est aussi intéressée parce que vous en avez discuté au préalable, évitez.

« Mon ex ne peut pas se passer de moi. »

Pas la peine de faire celui qui a quitté son ex, complètement esseulée et désespérée depuis qu'elle a perdu la perle que vous êtes. Votre interlocutrice saura que votre discours ne reflète en aucun cas la réalité. Ne dites pas non plus du mal de votre ex. Si vous faites cette erreur, nous penserons rapidement que vous êtes toujours amoureux de votre ancienne partenaire, ou bien la sororité prendra le dessus et vous passerez pour un goujat à vouloir rabaisser une femme pour en complimenter une autre. D'autant plus que votre conquête n'est pas votre psy. Si la question arrive sur le tapis, restez simple et évasif : « On ne voulait plus les mêmes choses », « nos chemins se sont séparés. » Simple, concis, efficace. C'est tout !

« Ma meilleure amie partage tous les instants de ma vie. »

Que votre interlocutrice croie ou pas en l'amitié hommes-femmes, il n'est pas de bon goût de passer votre repas à parler d'une autre femme que vous adorez, que ce soit votre meilleure amie, votre mère ou votre ex. N'abordez pas le sujet à moins qu'il n'ait été évoqué par mademoiselle. Cette dernière doit sentir qu'elle est, à cet instant et potentiellement dans le futur, votre priorité.

« On va boire un verre chez toi ? »

Il est formellement déconseillé de proposer d'aller chez elle si elle ne vous a pas expressément invité. Déjà, parce que l'on ne s'invite pas chez les gens, encore moins si on les connaît à peine. De plus, si elle ne vous a pas invité, c'est probablement parce qu'elle n'a pas envie de coucher avec vous. Vous risquez de passer également rapidement pour un homme qui n'a qu'une envie, celle de tremper son pinceau.

LES 3 PIRES TECHNIQUES DE DRAGUE

1 La technique dite « du connard »

Certains hommes usent d'une technique particulièrement vicieuse pour attirer l'attention d'une femme. Elle consiste à la mettre mal à l'aise en mettant en avant un défaut. Le but ? Choquer, intriguer et se démarquer, tout en cherchant à renvoyer l'image d'un mec fort, viril et intouchable. L'individu va donc formuler une phrase pourvue d'un oxymore scabreux du style : « Cette robe te va bien. Tu serais *presque* jolie. »

Malheureusement, en plus d'être irrespectueuses et désagréables, ces remarques ne trompent personne : les femmes savent que cette technique cache en fait un homme qui n'a pas confiance en lui et qui cherche le rapport de force.

2 Le prétentieux qui s'assume

C'est pousser le conseil « ayez confiance en vous » un peu trop loin. Cette technique est souvent utilisée par des hommes qui se trouvent beaux et ont l'habitude de séduire : « Je suis beau et je le sais. »

Le prétentieux pense séduire une femme en lui expliquant en long et en large ses différents exploits professionnels et sentimentaux. Le problème ? Il ne pose quasiment aucune question et ne s'intéresse pas à celle en face de lui. À l'entendre, ses ex étaient toutes mannequins et sont désespérées sans lui ; souvent, il explique être encore harcelé par ses anciennes compagnes qui le supplient de leur accorder une nouvelle chance. Pourquoi est-il célibataire ? Il n'a pas encore trouvé de fille « à la hauteur ».

3 Le vrai-faux prince charmant

Le vrai-faux prince charmant aborde celle qu'il convoite en se plaignant d'autres femmes, afin de susciter la pitié et, ainsi, la sympathie, puis amène son interlocutrice à penser qu'il est là pour la secourir de son funeste célibat.

On le reconnaît à des propos tels que : « Je n'ai pas de chance, je ne suis tombé que sur des femmes qui ont profité de moi », « On n'a toujours pas d'enfants à notre âge, tu te rends compte ? », « Je ne crois plus à l'amour, c'est sûr, je vais finir ma vie seul… »

Mais, *spoiler alert* : ça ne séduit personne, vous vous contentez de partager votre mal-être et risquez à coup sûr d'angoisser votre interlocutrice. La femme en face de vous aura seulement le sentiment d'être face à un homme totalement dépendant et déprimé. Ce qui est loin, très loin, d'être sexy.

Pour séduire, sachez qu'il vaut toujours mieux se montrer enthousiaste, ouvert, et positif. Que ce soit pour un soir ou en vue d'une relation sur le long terme, c'est le meilleur moyen d'accrocher avec celle que vous convoitez, de susciter l'intérêt mais aussi le désir.

FAUT-IL ÊTRE UN CONNARD POUR SÉDUIRE ?

Éternelle question qui semble tarauder nombre de vos congénères depuis la nuit des temps : le connard a-t-il plus de succès avec les femmes ? Devez-vous nécessairement l'incarner pour séduire ?

La réponse est clairement et définitivement : non. Nul besoin de lui ressembler pour attirer la gent féminine. Et sachez de toute manière qu'une femme avisée ne sera pas attirée par ce genre d'hommes car elle n'aura pas ou plus envie de jouer à ces jeux. Pour séduire, ne rentrez donc pas dans ce schéma illusoire. Contentez-vous d'avoir du caractère. Tout simplement.

N'oubliez jamais que tout connard, quelle que soit son espèce, espère secrètement changer et trouver la perle qui le rendra véritablement heureux. Même s'il essaye parfois de se convaincre qu'il est satisfait de sa vie de débauche quand il est entouré de ses amis, au fond de lui, il se sent souvent terriblement seul. Après avoir couché avec une femme de plus, sa solitude et son manque affectif reprennent le dessus.

Bien sûr, le connard n'est pas seul à proprement parler puisqu'il est accompagné de femmes, mais il est seul dans son esprit. Aucune des femmes de son harem ne parvient à le stimuler intellectuellement ou à combler son vide émotionnel. Et s'il cherche à séduire toutes les femmes qu'il croise, c'est en fait pour trouver celle qui se démarquera des autres et qui aura enfin un caractère suffisamment fort pour le remettre à sa place quand il en a besoin.

En réalité, même s'il ne le dit pas, le connard est souvent totalement frustré par ce rôle qu'il joue. Au début, bien sûr, il savoure le fait de coucher avec de nombreuses femmes mais, très rapidement, il ne désire plus qu'une chose : trouver celle qui saura enfin lui dire : « non » et ne plus perdre son temps pour enfin construire quelque chose de sérieux.

Si réussir à séduire en vous comportant comme un connard venait à porter ses fruits, cela ne vous attirera de toute façon jamais la *bonne*, celle qui pourrait vous rendre véritablement heureux, ou du moins avec laquelle vous ressentiriez cette étincelle qui rendrait vos échanges – conversationnels ou sexuels – bien plus épanouissants. Et au fond, c'est ce que vous souhaitez, non ?

LES ERREURS FATALES POST-*DATE*

Votre premier rendez-vous s'est bien passé, et vous aimeriez la revoir ? Attention, si vous souhaitez avoir une chance sur le long terme, prenez donc garde à ne pas commettre ces erreurs.

Attendre qu'elle vous envoie un message

Après tout et selon certains hommes, les femmes ne peuvent s'empêcher de taper frénétiquement des textos à l'homme qui leur plaît. **Faux.** Une jeune femme sans expérience fera peut-être cette erreur, mais pas une demoiselle un peu plus expérimentée. Cela ne veut absolument pas dire qu'elle n'est pas intéressée. Bien au contraire... Et si elle était tout simplement intimidée ?

Suivre la règle des 3 jours pour susciter le manque

Cette erreur rejoint la première... Ça y est, le premier rendez-vous est passé, et vous avez envie de recontacter votre dulcinée. Cependant, vous revient en mémoire la fameuse règle des 3 jours. C'est décidé, malgré votre envie de prendre de ses nouvelles, vous vous abstiendrez pendant au moins 48 heures, idéalement pendant trois jours, pour la mettre dans un état de manque, voire pour l'inciter à vous envoyer un message la première.

Arrêtez tout ! Même si la jeune femme était intéressée, cette technique pourrait ruiner tous vos efforts. Ces règles sont connues de toutes et tous, votre interlocutrice pourrait donc se dire que vous manquez de spontanéité, que vous jouez à un jeu malsain ou pire, que vous avez d'autres options en stock. Pour lui montrer que vous êtes intéressé et qu'elle vous plaît vraiment, rappelez-la.

N'oubliez pas, une femme se dira que si l'homme en vaut la peine et qu'elle lui plaît réellement, il la recontactera.

D'où vient la règle des trois jours ?

Du Kamasutra ! Dans le chapitre intitulé « De l'acquisition d'une épouse », l'ouvrage révèle : « L'homme commencera à parler doucement à sa jeune femme, seul à seule, de façon à lui inspirer confiance. Quelques auteurs prétendent que, pour la gagner entièrement, il ne doit pas lui parler de trois jours. » Cette stratégie était alors déjà considérée comme dangereuse : « mais, observent les disciples de Babhravya, si un homme reste muet pendant trois jours, il est à craindre que la jeune femme ne se dégoûte de le voir aussi inerte qu'un pilier et, désenchantée, ne vienne à le mépriser comme un eunuque. »

Vous êtes prévenus !

Jouer à l'homme sans attaches pour qu'elle s'attache

Vous avez peur de trop montrer qu'elle vous plaît ? De passer pour un « canard » ? Et donc dans votre esprit, vous faites l'homme qui n'a besoin de personne, vous vous la jouez indépendant. Inutile de jouer un rôle de cowboy, vous risquez de vous retrouver rapidement seul sur votre monture. Si une femme vous plaît, dites-le-lui. Sinon, c'est très simple, elle pensera qu'elle ne vous plaît pas.

Trop tester la femme en face de vous

Certains hommes ont pour fâcheuse habitude de tester le caractère de leur compagne en proférant des blagues un tantinet provocantes à leur égard. Leur objectif est de mieux déceler la personnalité de leur partenaire en observant la manière dont elle réagit à leurs boutades. Que les choses soient claires, se taquiner mutuellement est sain. Par contre, évaluer les limites de votre partenaire à coup de plaisanteries douteuses a de fortes chances de la lasser et surtout de l'exaspérer. Le signal ? Quand elle commence à prendre ses distances, c'est que vous êtes allé trop loin.

Quelle que soit l'erreur que vous ayez commise, il n'est peut-être pas trop tard pour sauver cette relation. La stratégie ultime : la communication et la franchise. Reconnaissez votre erreur, excusez-vous et montrez une volonté de changement.

Chapitre 3

TISSER UNE RELATION

Si, après un, deux ou trois premiers rendez-vous réussis, vous avez envie de plus qu'une relation charnelle avec votre conquête, voici quelques conseils qui feront de vous le compagnon idéal. Si cela ne vous intéresse pas, retenez seulement un conseil avant de passer à la seconde partie : soyez franc, honnête et restez vous-même.

OSEZ VOUS AFFIRMER

On vous a dit qu'il fallait être un « gentil garçon » lorsque vous étiez petit. Mais être « trop gentil » n'est pas très efficace avec les femmes. Très rapidement, l'homme « trop gentil » devient l'homme « collant » ou le « meilleur ami » totalement asexué. On le quitte souvent avec cette phrase typique : « Il était vraiment gentil mais quelque chose ne passait pas entre nous » ou alors « Je n'étais pas amoureuse ». En réalité, ce n'est pas d'être gentil qui pose un problème, mais plutôt le fait de ne pas être assez affirmé.

Symptômes d'un manque de confiance en soi

Vous ne croyez pas en vous et vous vous effacez

Vous n'osez pas dire ce que vous pensez et n'avez jamais d'opinion. Il est impossible de savoir réellement ce que vous aimez ou ce qui vous déplaît. C'est simple, vous êtes d'accord sur tout.

Vous donnez à vos partenaires potentielles la sensation de ne jamais vraiment vous connaître et il est quasi impossible de tomber amoureuse de vous. Pourquoi ? Parce qu'au lieu d'être agréable, cela devient vite angoissant. Au début de la relation, vous cédez à tout, vous suivez et ne vous affirmez pas. Vous montrez ainsi que vous ne croyez même pas en vous-même et réduisez de manière définitive votre sex-appeal à celui d'un poulpe.

Vous avez peur

Vous avez peur d'être seul, peur de dire ce que vous pensez, peur d'être trahi et peur d'être abandonné. Cela peut vous rendre collant et étouffant. À tout accepter, vous accumulez une frustration qui vous rend fade et qui, plusieurs années plus tard, vous rendra probablement aigri. Vous collez à ce que vous croyez être les attentes de votre compagne non pas par altruisme mais par peur des représailles et surtout par peur qu'elle vous quitte.

Quelles sont les étapes de la guérison ?

Osez dire non

Il est essentiel d'apprendre à oser dire « non » aux moments où c'est nécessaire. Être gentil, ce n'est pas s'oublier et ce n'est pas non plus dire « amen » à tout. Retenez cela : s'affirmer et avoir du caractère, c'est toujours sexy.

Recréez un équilibre

Montrez-lui que le respect est une chose primordiale pour vous. N'hésitez pas à dire qu'il vous semble inconcevable de rester avec une personne dont les valeurs sont opposées aux vôtres ou qui ne respecte pas ses engagements ou sa parole. Pourquoi ? Parce que vous croyez en vous et que vous avez conscience de votre valeur. Loin de vous trouver trop strict et rigide, elle sera ravie de pouvoir échanger avec vous et de vous connaître vraiment. Cela vous donnera à chacun un sentiment d'indépendance et de liberté qui renforcera vos liens.

Ne cherchez pas à être parfait

Vous n'êtes pas parfait, mais c'est justement pour ça qu'elle tombera amoureuse de vous. Pour vos qualités mais aussi pour vos défauts. Alors, autant les montrer dès le début de la relation et ne pas jouer un rôle qui n'est pas le vôtre. N'oubliez pas, quelqu'un de parfait devient très vite ennuyant et lassant.

Quoi qu'on en dise, la gentillesse n'est pas un vilain défaut mais une grande qualité. Et si elle ajoute sans aucun doute à votre charme, c'est davantage le fait que vous représentiez un défi (aussi bien intellectuel que sexuel) qui finira de la séduire. Osez donc vous affirmer.

LES ERREURS À NE PAS COMMETTRE POUR UNE RELATION SAINE ET HEUREUSE

Ne pas partager vos émotions

Oui, vous êtes stoïque et vous n'êtes pas le genre à sortir les violons. Mais n'allez pas trop loin. Peu de femmes aiment sortir avec un homme froid. De temps à autre, surprenez-la avec de petites attentions et étonnez-la.

Ne pas l'aider à s'intégrer dans vos cercles

Imaginez la scène. Vous invitez votre copine à une soirée organisée par vos amis. Mais dès que vous arrivez sur place, vous la délaissez très rapidement. Sans même en avoir conscience, vous la laissez seule et allez voir tous vos amis sans même vous soucier de son bien-être. Elle qui ne connaît personne se retrouve mal à l'aise et se demande vite pourquoi elle vous a accompagné. N'oubliez pas, la prochaine fois que vous sortirez avec elle chez vos amis, soit vous passez la soirée avec elle et vous l'intégrez convenablement dans votre cercle, soit vous ne l'invitez pas.

Faire le mâle devant vos amis

Vous pensiez que nous apprécions votre petit côté macho quand vous êtes avec vos amis ? Vous vous pavanez tel un coq au milieu de vos congénères, expliquez en long et en large le nombre de vos anciennes conquêtes ou critiquez « en rigolant » celle qui vous accompagne. Et si celle-ci a l'audace de vous faire remarquer votre manque de courtoisie, vous répondez simplement qu'elle n'a « pas d'humour ». Ce genre de scénario est vite catastrophique si vous désirez nouer une vraie relation avec votre partenaire. Inversez les rôles et vous comprendrez pourquoi.

« Une fois, un homme m'avait invitée à dîner avec son meilleur ami et sa copine. Dès que nous sommes arrivés, je n'ai absolument pas reconnu mon petit ami. Il faisait des blagues douteuses et me rabaissait "avec humour" devant eux. Je n'ai plus jamais pu coucher avec cet homme, aussi bon soit-il au lit. »

CÉLINE

Demander des conseils aux mauvaises personnes

Arrêtez les frais et ne demandez plus conseil à vos compagnons éternels célibataires. Non, un homme ne doit pas écouter un autre homme pour arriver à comprendre et séduire une femme, surtout s'il souhaite engager une relation sérieuse avec elle.

Il est capital que vous compreniez que certains avis (et amis) ne valent pas la peine d'être écoutés. « Elle ne te convient pas », « ça ne durera pas entre vous » ou encore le classique « elle n'est pas assez bien pour toi » : si l'un de vos amis vous dit ce genre de choses, vérifiez bien qu'il ne rentre pas dans les cinq catégories qui suivent.

Le pote blasé

Il ne croit plus à la notion de couple et n'arrive pas à se caser. Il vous l'assure, votre nouvelle copine, c'est « le genre de filles à éviter ». D'ailleurs, votre compagne lui rappelle étrangement son ex qui l'a plaqué du jour au lendemain sans aucune explication. Il pense fermement que la plupart des femmes sont matérialistes et dangereuses pour les hommes.

Le pote queutard

Monsieur est sur Tinder, sort en boîte et multiplie les conquêtes. Bien souvent, ce sont des relations sans lendemain. Selon lui, votre nana se prend pour une « princesse ». Il vous rappelle tous les jours l'importance de profiter de la vie et vous trouve totalement idiot de vouloir vous mettre en couple. Or, rappelez-vous que profiter de sa jeunesse, ce n'est pas détruire son futur avec celle qui vous plaît.

Méfiez-vous, car le beau jour où votre ami trouvera une femme dont il tombera éperdument amoureux, tous ses arguments ne seront plus d'actualité. Il se contentera de vous dire : « Il n'y a que les imbéciles qui ne changent pas d'avis ! »

Le pote envieux

Lui, il observe et scrute votre nouvelle conquête comme une proie potentielle. Oui, il le confirme, vous avez une belle prise entre vos filets. Malheureusement, il ne pense pas à votre bonheur car il est bien trop occupé à se demander si lui aussi aurait réussi à la séduire. À certains moments, il essaye même sournoisement et discrètement de voir si son charme agit sur elle. N'écoutez pas cet ami, car s'il en avait eu l'occasion, dites-vous bien qu'il l'aurait draguée.

Le pote hyperprotecteur

Vous en avez bavé par le passé, et il souhaite vous protéger d'une éventuelle rupture. Ainsi, il vous pose mille questions sur votre copine pour tenter de trouver *le* détail qui prouvera que votre relation est vouée à l'échec. Elle habite Paris ? Elle doit passer ses soirées en boîte de nuit et aura trop d'opportunités de vous tromper. Elle est coquette ? Elle n'est pas assez naturelle. Elle a fait des études ? Elle est prétentieuse et hautaine. Vous l'aurez compris, tout est bon pour trouver la faille.

Le pote possessif et jaloux

Ce cher ami a peur de passer moins de temps avec vous et que votre nouvelle conquête ne vienne trop interférer dans votre relation si fusionnelle. Quand vous êtes avec elle, il vous appelle quarante fois pour vous raconter toute sorte d'anecdotes et vérifier si vous êtes bien dispo pour la soirée de samedi soir (mais aussi celle de mardi). Madame a l'audace de vouloir passer un peu plus de temps avec vous ? Il en conclura très rapidement qu'elle ne vous laisse pas assez respirer.

Avant d'écouter l'avis d'un ami, posez-vous une question toute simple : est-il en couple et est-il heureux ? Tout le reste n'est que futilité.

3 TECHNIQUES POUR FAIRE OUBLIER VOTRE PASSÉ DE DON JUAN EN TOUTE DÉLICATESSE

Tout comme la cigale ayant chanté tout l'été, certains hommes ont virevolté pendant des années et se trouvent fort dépourvus lorsque les femmes avisées n'acceptent plus de succomber à leurs charmes. Votre réputation vous précède et nuit à vos conquêtes amoureuses. Pourquoi ? Même si certaines ont toujours le fantasme de faire changer un don Juan en parfait petit ami, les plus réalistes ne voudront pas s'y risquer. Trop d'investissement, tout simplement.

Pour augmenter vos chances, il vous faut apprendre à réagir face aux éventuelles interrogations de votre partenaire. Après tout, il serait dommage de laisser votre passé gâcher votre avenir. Voici comment adapter votre discours avec raffinement pour séduire la femme qui sera intéressée par votre personne.

1 « J'étais jeune ! »

Vous avez du mal à vous en sortir ? Les doutes planent dans l'esprit de la femme tant convoitée ? C'est très simple, faites passer toutes ces aventures sous le coup de la jeunesse. Oui, vous reconnaissez les faits (vous gagnez donc un point), mais vous étiez jeune, vos centres d'intérêt et vos priorités n'étaient pas les mêmes. Aujourd'hui, en homme véritablement mature et mûr, cela ne vous intéresse plus.

2 « Je n'ai plus besoin de tout cela. »

Autre option, faites passer ces multiples expériences sentimentales pour quelque chose de positif. Au moins, vous connaissez la vie. Vous avez déjà expérimenté toutes sortes d'aventures et donc vous n'avez plus besoin de toutes ces fioritures. Vous n'êtes plus attiré par toutes les jolies demoiselles qui passent et savez désormais ce que vous voulez dans une relation. Vous renversez ainsi la situation en toute délicatesse. Le *must* ? Arriver à vous positionner en homme rassurant. Après tout, les autres hommes qui n'ont pas votre passé auront peut-être leur crise plus tard. Vous, au moins, c'est déjà fait !

3 Projetez-vous dans l'avenir

Le fait de se projeter dans l'avenir avec la femme que vous désirez va la rassurer et lui faire oublier la réputation de don Juan que vous traînez derrière vous. Oui, vous avez beaucoup vécu mais *elle*, elle vous plaît vraiment. Ne ratez pas votre discours, car vous ne tomberez que peu de fois sur une femme qui vous plaît réellement. Le bon point ? Une femme sait qu'il y a des chances pour que vos multiples conquêtes précédentes aient fait de vous un homme d'expérience, notamment en matière de sexe... Et puis, vous savoir convoité vous rend plus désirable.

Sortir de la *friendzone*

Ah ! La fameuse *friendzone*. Il me semble nécessaire d'en faire un petit aparté, pour aider ceux d'entre vous qui se seraient empêtrés dans cette situation.

S'il s'agit d'une femme que vous venez de rencontrer, ce que vous appelez « friendzone » n'est probablement qu'une façon pour elle d'apprendre à vous connaître : elle préfère commencer par tisser des liens et vérifier que vous avez de quoi vous amuser ensemble avant de s'engager avec vous sur d'autres terrains. Parfois, en revanche, c'est aussi le stade dans lequel vous vous retrouvez parce que vous n'avez pas été clair sur vos sentiments, ou bien ces derniers ont changé avec le temps, et vous ne savez pas faire comprendre à votre amie que vous ne la voyez plus de la même manière.

Dans les deux cas, il va falloir éclaircir la situation si vous souhaitez en sortir rapidement. Alors, comment savoir s'il y a concrètement une chance avec cette femme ? Et comment devenir son petit ami et non simplement son ami ?

Étape n° 1 : adaptez votre attitude
Vous étiez très amical ? Essayez désormais d'être davantage dans la séduction. Sous-entendez également subtilement que vous plaisez à d'autres femmes. Soyez un peu moins disponible pour elle. Chaque petit détail compte : choisissez les bons mots et adoptez enfin la bonne attitude.

Étape n° 2 : prenez votre courage à deux mains
Ayez le courage de lui dire clairement les choses. Non, vous ne cherchiez pas à devenir son ami, ou bien, oui, vos sentiments à son égard ont évolué. Vous désirez sincèrement construire quelque chose avec elle. Instinctivement, votre amie s'éloignera peut-être de vous, mais ça ne durera pas. Suivez alors la dernière étape...

Étape n° 3 : effacez-vous

C'est le moment de vous effacer et d'attendre. Si vos sentiments ont des chances d'être réciproques, votre amie reviendra, c'est ce qui arrive dans la plupart des cas. N'oubliez pas que vous avez lié une relation très particulière avec elle. C'est uniquement au moment où elle ressentira le manque qu'elle prendra véritablement conscience de votre valeur, mais aussi de votre sex-appeal.

Si elle ne revient pas...

Deux choix s'offrent à vous après avoir laissé passer un certain temps, celui qu'il vous faut pour digérer la non-réciprocité de vos sentiments. Soit vous pouvez vous contenter du statut d'ami, auquel cas vous pouvez reprendre contact avec cette femme, lui parler de votre envie de garder votre lien, et tisser une amitié nouvelle. Soit cela ne vous tente pas, auquel cas cet éloignement aura consisté en la première étape de votre détachement. Une fois le rejet digéré, vous pouvez reprendre votre vie, comme après n'importe quel *date* raté.

Dernière chose : la plupart du temps, c'est vous qui vous placez directement dans la *friendzone* parce que vous n'avez pas le courage de vous comporter autrement. De manière logique, c'est à vous de tout faire pour en sortir. Attention cependant, le statut d'ami n'est pas pour autant l'étape préliminaire à une relation amoureuse, ni un bon moyen de pouvoir séduire une fille. Ne visez pas la *friendzone* par ruse, juste pour vous rendre sympathique. Si vos sentiments et vos envies vis-à-vis d'une personne sont clairs dès le départ, soyez honnête et franc, et avouez-les. Ensuite seulement, s'ils ne trouvent pas d'écho chez la femme en face de vous, vous pourrez envisager ensemble de créer une amitié.

FICHE PRATIQUE

LES 10 CARACTÉRISTIQUES D'UN GRAND SÉDUCTEUR

1 IL EST SÛR DE LUI

Que ce soit par sa prestance, par son attitude ou par son esprit, un homme sûr de lui est toujours très attirant pour une femme. Affirmez-vous, dites ce que vous cherchez et voulez, et posez vos limites. Parce que cela signifie que vous n'avez pas d'insécurité à résoudre, être sûr de vous signifie également être respectueux envers les autres, et particulièrement les femmes.

2 IL EST POSITIF

Peu importe le problème qui vient à vous, prenez-le avec philosophie et réfléchissez à la manière de le résoudre plutôt que de vous plaindre. Soutenez votre compagne ou vos ami·e·s lorsqu'ils ont un souci, aidez-les et rassurez-les. Lorsque vous racontez votre parcours, ne vous apitoyez pas sur votre sort, mais trouvez un aspect positif à chaque épreuve qui s'est présentée à vous. Pour un homme positif, il n'y a pas d'échecs, seulement des leçons pour devenir meilleur.

3 IL EST DRÔLE

L'homme séduisant sait faire rire en toutes circonstances. Cette grande qualité est une arme redoutable qui peut supplanter bien d'autres qualités. Un homme drôle a une longueur d'avance sur n'importe quel autre, même le plus beau qui soit. Attention, ne faites jamais de blagues humiliantes ou dégradantes. Des propos qui blessent ou créent un malaise chez l'interlocuteur·rice ne sont *jamais* des blagues mais un moyen subtilement sournois de rabaisser l'autre, et gâcheraient votre image d'homme drôle.

4 IL EST HONNÊTE

Dès le début de la relation, jouez franc jeu et ne cachez pas de vieux dossiers dans les tiroirs. Même si vous savez que certains aspects de votre vie pourraient ne pas plaire à votre partenaire, ne mentez pas pour mieux réussir votre jeu de séduction.

5 IL A UN PARFUM CARACTÉRISTIQUE

Le choix du parfum est primordial pour entrer et rester dans l'esprit de la femme que vous souhaitez séduire. Un parfum choisi avec goût laissera son empreinte de manière physique sur le corps et les vêtements de votre amante, mais il restera également gravé dans sa mémoire.

6 IL SAIT CE QU'IL VEUT

Que vous souhaitiez une relation sérieuse ou plus légère, soyez clair et franc. Vous n'en serez que plus désirable, et serez sûr de trouver la personne qui sera sur la même longueur d'onde que vous.

7 IL SAIT *TOUCHER* SA PARTENAIRE

Vous devez savoir toucher votre partenaire aussi bien avec vos mains qu'avec vos paroles. Avec vos doigts et votre corps, effleurez-la, éveillez et attisez son désir (plus d'astuces à ce sujet en partie 2). Sachez également accepter de lui dévoiler des aspects plus ou moins intimes de votre vie, selon ce que vous souhaitez construire avec elle.

8 IL ACCEPTE SA PARTENAIRE TELLE QU'ELLE EST

Au quotidien, vous êtes fier d'être auprès d'elle et ne cherchez pas à la changer. Vous ne critiquez pas ce qui la caractérise, que ce soit sa garde-robe ou ses centres d'intérêt. Vous soulignez ses forces et ses qualités plutôt que ses faiblesses. Bref, vous faites ressentir à votre partenaire qu'elle est parfaite pour vous telle qu'elle est.

9 IL A DE PETITES ATTENTIONS ENVERS SA COMPAGNE

C'est le détail qui fait toute la différence. Vous cherchez à découvrir (et vous retenez) les choses qu'elle aime. Pour vous aider, jetez un œil au bestseller de Gary Chapman *Les 5 langages de l'amour*. Il montre qu'il existe cinq principales manières dont les personnes perçoivent et ressentent l'amour et l'intérêt de leur partenaire. Il révèle également que chacun·e est plus sensible à l'un des cinq langages de l'amour qui sont : les paroles valorisantes, les moments de qualité, les cadeaux, les services rendus et le toucher physique. L'ouvrage propose même un test pour repérer votre langage, mais aussi celui de votre partenaire.

10 IL EST CURIEUX ET PASSIONNANT

Il est important que vous ayez des choses à vous apprendre ou à partager avec votre compagne, de quoi susciter sa curiosité. La relation est aussi un terrain pour apprendre de l'autre, découvrir des choses auxquelles l'on ne se serait pas intéressé auparavant. Étonnez-la et démarquez-vous de ce qu'elle a l'habitude de voir, d'entendre ou de ressentir. Si une femme apprend de nouvelles choses avec vous et qu'elle semble vous questionner ou vous demander votre avis sur les choses du quotidien ou au lit… vous êtes sur la bonne voie. De même, l'esprit, la culture et la répartie sont des qualités qui peuvent rendre beaucoup d'hommes irrésistibles.

N'oubliez pas, une femme oubliera beaucoup de choses, mais elle se souviendra toujours de comment elle se sent et de ce qu'elle ressent quand elle est avec vous. Un homme attentionné est une perle rare, un bijou à chérir et à garder. Comblée, la femme à vos côtés cherchera d'autant plus à vous satisfaire, à vous faire plaisir et sera bien plus réceptive à toutes vos envies, quelles qu'elles soient…

DEVENEZ LE MEILLEUR COUP DE SA VIE

Chapitre 1

L'APPRENTI

> **L'AMANT, LE VRAI, EST CELUI QUI VOUS FAIT FONDRE RIEN QU'EN VOUS TOUCHANT LA TÊTE ET EN VOUS SOURIANT DROIT DANS LES YEUX.**
>
> Marilyn Monroe

Pour devenir un amant exceptionnel, il vous faudra d'abord satisfaire les cinq sens de votre partenaire : la vue, le goût, l'odorat, l'ouïe et le toucher.

LA VUE

Bien sûr, votre apparence est primordiale pour éveiller le désir et susciter l'envie. Je ne vais pas m'étendre sur le sujet des sous-vêtements, mais sachez qu'ils sont loin de constituer un détail anodin. Des sous-vêtements en bon état, sobres et propres vous vaudront de nombreux compliments de la gent féminine et vous donneront dès le départ une aura magnétique et charnelle.

> « Il y a beaucoup de manières de communiquer pendant l'acte, le regard en est une très importante pour moi. »
>
> AURÉLIE

Côté pubis, parlons peu, parlons bien : la forêt amazonienne n'est pas requise dans votre caleçon. Une épilation intégrale n'est pas non plus nécessaire, mais taillez soigneusement votre haie. D'ailleurs, une femme n'aura certainement pas envie de vous faire une fellation si des poils longs, épais et incongrus entourent sauvagement votre pénis. À vous de voir... Quoi qu'il en soit, pour une première approche, mettez-vous en valeur et élaguez vos poils. Il sera toujours temps d'en discuter avec votre partenaire dans le futur, selon ce que chacun de vous préfère.

Au-delà de l'esthétique, le regard est également très important pour faire monter la température entre vous. Aussi, soyez sûr de vous et regardez votre partenaire dans les yeux pour lui faire ressentir tout le désir qu'elle vous inspire. Parfois, nul besoin de dire un mot. Vos yeux doivent parler pour vous. Elle se sentira désirée, et d'autant plus désirable.

« Un homme qui me regarde dans les yeux pendant l'acte sexuel me paraît plus sincère avec moi et m'excite davantage. »

JENNA

LE GOÛT

Le premier facteur du (bon) goût est votre hygiène. Est-il utile de rappeler qu'une haleine fraîche est absolument primordiale ? Si vous n'avez pas l'opportunité de vous brosser les dents, ayez toujours une boîte de pastilles à la menthe sur vous. Bien plus efficaces que les chewing-gums, elles vous sauveront la mise en quelques secondes. De même, ayez une hygiène irréprochable pour votre corps et pour votre sexe. Encore une fois, si madame vous fait une gâterie, il est important que votre verge soit parfaitement nette et sente le frais.

Quant à l'acte en lui-même, à mon humble avis, évitez de dégainer fièrement des préservatifs goût fraise, chocolat ou même houmous (oui, ils existent) pour stimuler les papilles gustatives de votre donzelle. Même chose pour les huiles de massage comestibles. Avec ce genre d'initiative, vous passeriez rapidement pour un professionnel ou, à l'inverse, pour un homme n'ayant pas couché avec une femme depuis Mathusalem. Contentez-vous de simplicité – en tout cas pour les premières fois – et préférez les contraceptifs classiques.

L'ODORAT

Pensez-y. Le parfum est ce qui reste. À la fois éphémère et éternel, il va rester imprégné sur les draps et le corps de votre partenaire. En hypnose, on dit que ce sens est un puissant déclencheur émotionnel.

Choisissez donc méticuleusement votre parfum. Vaporisez-le aux endroits « chauds » de votre corps pour qu'il révèle et décuple tout son potentiel. Les zones clés se trouvent au niveau du cou, de l'intérieur des coudes et des poignets. Un dernier jet peut être vaporisé sur vos vêtements pour ainsi diffuser un effluve subtil au moment où vous vous déshabillerez. Pour autant, ne forcez pas sur la dose, l'odeur doit rester discrète.

« La première des élégances pour un homme au lit est de sentir bon et d'être propre. »

CAROLINE

Pour hydrater votre corps, pensez à investir dans un lait parfumé. Non, cela ne fait pas de vous un homme « fragile ». Au contraire, vous enchanterez les sens de votre partenaire et, encore une fois, vous vous démarquerez de beaucoup de vos semblables.

« Je me rappelle encore cet homme qui, lorsqu'il s'est déshabillé, a dégagé un subtil parfum ambré et délicatement musqué. Cette odeur a tout de suite intensifié mon désir pour lui et est restée gravée dans ma mémoire. Encore aujourd'hui, dès que je sens cette odeur, je pense immédiatement à lui. »

JESSICA

Le parfum n'est pas le seul élément qui pourra exciter l'odorat de votre partenaire. Une étude réalisée par des chercheurs de l'Université du Kent[2] a révélé que nous étions capables de déceler chimiquement l'excitation sexuelle chez nos partenaires. L'excitation et le désir auraient donc bien une odeur distinctive. Cette étude britannique est la première à affirmer que lorsque nous sommes excité·e·s, notre corps libère un parfum distinctif qui serait capable d'être détecté par un autre individu. L'être humain serait donc lui aussi attiré par des phéromones, tout comme les animaux en période de reproduction. « Les hommes sont sensibles aux signaux olfactifs d'excitation sexuelle libérés par les femmes. Cette recherche suggère que ces signaux libérés ainsi que les expressions visuelles et auditives manifestant l'intérêt sexuel peuvent produire un signal

2. Wisman A. et Shrira I., « Sexual Chemosignals: Evidence that Men Process Olfactory Signals of Women's Sexual Arousal », *Archives of Sexual Behavior*, n° 49, p. 1505-1516, 2020.

global plus fort qui augmente la motivation sexuelle », a commenté le Dr Arnaud Wisman, le psychologue qui dirigeait l'étude. L'être humain serait donc un animal comme les autres ?

> « Si les hommes reprochent parfois aux femmes de dégager des odeurs se rapprochant du poisson ou des crustacés, les effluves de certains d'entre eux, peu soigneux avec leur hygiène, se rapprochent du fromage. Et laissez-moi vous dire une chose, rien n'est moins agréable que de sentir l'odeur du brie ou du roquefort au moment de faire l'amour. »
>
> LYDIE

L'OUÏE

Au moment de déshabiller (doucement) votre partenaire, complimentez-la avec des mots bien choisis. Dites-lui que vous la trouvez belle, mais aussi à quel point elle vous excite et vous avez envie d'elle. Certains hommes n'osent pas parler pendant l'acte, mais c'est une grossière erreur. Pour qu'elle prenne du plaisir, l'imagination et l'esprit de la femme doivent être autant stimulés que son corps. Pour qu'une femme se laisse aller et savoure le moment, elle doit se sentir extrêmement désirée et admirée par son amant. De plus, beaucoup de demoiselles ne sont pas très à l'aise avec leur corps. Donnez-lui confiance et dites-lui à quel point vous la trouvez sublime. Chuchotez-lui combien elle est désirable et à quel point vous attendiez ce moment. Sarah Hunter Murray, sexologue et thérapeute de couple, conseille aux hommes de susurrer à leur compagne « quelque chose qui laisse présager qu'il pourrait bien se passer quelque chose, tout en laissant le temps à l'imagination d'errer un peu, et au corps de s'émoustiller[3]. » N'oubliez pas, une femme se rappellera toujours de ce que vous lui avez fait ressentir aussi bien au niveau physique qu'émotionnel.

« Même si j'ai pris du plaisir par le passé avec d'autres amants, c'est mon copain actuel qui me comble le plus. Comment ? Par les mots. Juste avant de faire l'amour, il me chuchote à l'oreille tout ce qu'il compte me faire... Un délice ! Pendant l'acte, les mots sont toujours présents pour faire monter le désir. Chaque mot est toujours bien choisi... »

MARGAUX

3. Hunter Murray S., *Not Always in the Mood: The New Science of Men, Sex, and Relationships*, Rowman & Littlefield, 2019.

Dix phrases qui vont éveiller le désir chez votre partenaire

→ « Tu es tellement belle. »
→ « Tu me rends fou. »
→ « Ton corps est parfait. »
→ « J'adore tes seins. »
→ « Personne ne m'avait excité comme cela auparavant. »
→ « Ton regard me déstabilise. »
→ « J'ai tellement de désir pour toi. »
→ « Tu es parfaite. »
→ « Je n'ai jamais autant désiré une femme. »
→ « Tu me fais ressentir des choses que je n'ai jamais ressenties avant. »

Outre des mots bien choisis, une ambiance musicale est également importante pour stimuler le sens de l'ouïe au cours du rapport sexuel. Si vous connaissez un peu votre partenaire, créez une playlist qui corresponde à la fois à ses goûts et aux vôtres.

Quelques idées de sons pour amorcer une soirée intense et passionnelle

En début de soirée :

- Two Feet – *Go Fuck Yourself* ;
- Summer Walker et Bryson Tiller – *Playing Games* ;
- Partynextdoor – *Persian Rugs* ;
- Ashlee – *Alone With You* ;
- Alina Baraz et Galimatias – *Unfold* ;
- Love Mansuy – *Mine* ;
- Portishead – *Glory Box* ;
- Jay Glavany – *Thoughts* ;
- DeJ Loaf et Lil Wayne – *Me U & Hennessy* ;
- Marian Hill – *Got It*.

En plus suggestif :

- Marvin Gaye – *Sexual Healing* ;
- Barry White – *Never, Never Gonna Give Ya Up* ;
- Boyz II Men - *I'll Make Love To You* ;
- Poetic Lover – *Prenons notre temps* ;
- Circe Deslandes – *Ta bite* ;
- Max Boublil – *Ce soir tu vas prendre* ;
- Johnny Hallyday – *Allumer le feu* ;
- Serge Gainsbourg – *69 année érotique* ;
- Luidji – *Pour deux âmes solitaires (Part 1)* ;
- Jeremih – *Birthday Sex*.

LE TOUCHER

Pour faire grimper la température, touchez votre partenaire ! Une récente étude de l'université de St-Andrews[4] a démontré qu'il suffisait de toucher une femme sur la main pour que cela provoque chez elle une légère hausse de température : « La température de la peau des femmes augmente dès qu'il y a un simple contact avec un expérimentateur masculin, indique Amanda Hahn. Pour certaines femmes, la hausse de température de leur visage allait jusqu'à un degré Celsius entier. » Bien sûr, cette hausse est d'autant plus significative lorsque le partenaire touche une zone plus intime comme le visage ou la poitrine. Selon les résultats, la hausse de température est particulièrement forte lorsque la femme est caressée au niveau de la bouche (+0,46 °C) et autour des yeux (+0,3 °C). Imaginez alors si votre main s'aventure vers son intimité...

« Le simple fait de passer ses doigts à l'intérieur de mes cuisses, même à travers mes vêtements, m'excite immédiatement. »

ALIX

Au moment de déshabiller votre partenaire, n'oubliez pas de caresser son corps dans son intégralité. Pour être délectable, il faut être insaisissable. Ôtez et faites glisser chaque vêtement délicatement, tout en effleurant et en embrassant chaque parcelle de sa peau. Important, n'oubliez pas sa chevelure, passez délicatement vos doigts dans ses cheveux. Le secret est d'utiliser le principe de la *kino escalation*, c'est-à-dire de commencer par toucher des zones peu intimes (main, bras...) pour finalement toucher les parties plus érotiques (bouche, seins, fesses, etc.).

---

4. Hahn A. C., Whitehead R. D., Albrecht M. A., Lefevre C. E. et Perrett D. I., « Chaud ou pas ? Réactions thermiques au contact social », *Lettres de biologie*, 2012.

« Un homme qui me propose un massage en guise de préliminaires, il n'y a pas mieux pour me détendre et me décontracter pour savourer ce qui va suivre... »

MANON

Chaque femme a ses propres zones érogènes ; cependant, quelques endroits restent des valeurs sûres. Embrassez-la dans le creux du cou, longuement et langoureusement. Lui chuchoter quelques mots lorsque vous l'embrassez dans cette zone va créer un souffle d'air chaud très agréable. Les lobes d'oreilles sont aussi souvent très sensibles. Caressez, léchez et embrassez doucement certaines zones, malaxez plus fortement d'autres parties de son corps et, surtout, n'oubliez pas d'empoigner fermement ses fesses avec vos mains. Croyez-moi, très peu d'hommes utilisent déjà ces quelques gestes qui font pourtant monter le désir de manière ensorcelante. Votre partenaire sera déjà envoûtée par ce que vous venez de lui faire. Mais elle ne sait pas encore ce qui l'attend par la suite...

« Un bon amant ne se contente pas de m'embrasser et ne se concentre pas uniquement sur ma bouche. Non, tout mon corps est stimulé du bout de ses doigts et il me fait ressentir tout le désir qu'il a pour moi. Une sorte de courant électrique me parcourt l'ensemble du corps quand j'ai la chance de rencontrer ce genre d'homme. »

MILENA

Plus tard, vous pourrez évidemment avoir des ébats plus sauvages et plus directs. Mais les premières fois, ces étapes sont incontournables. Pensez également à les utiliser régulièrement, elles maintiendront et attiseront tout le désir et l'attraction entre vous pendant la relation.

Connaissez-vous le VAKOG ? Cet acronyme correspond aux 5 canaux sensoriels : visuel, auditif, kinesthésique (le toucher), olfactif et gustatif. Par habitude, chaque personne aura tendance à privilégier un ou deux canaux auxquels elle sera davantage sensible pour se représenter la réalité. On le ou les appelle les « canaux sensoriels prioritaires d'acquisition d'information ». Ainsi, même au lit, une personne sera plus ou moins excitée par ce qu'elle voit, ce qu'elle entend, par les caresses et le toucher, par les parfums charnels ou bien par ce qu'elle déguste. Pour être en totale osmose avec votre partenaire, déchiffrez les indices donnés par ses réactions et son comportement pour déceler quel est son canal privilégié. Vous créerez ainsi un lien très puissant avec elle.

Chapitre 2

LE COMPAGNON

> **AVEC UNE FEMME,**
> **IL EST IMPOSSIBLE DE COMMUNIQUER**
> **SANS TOUCHER.**
>
> Giacomo Casanova, *Histoire de ma vie* (1789-1798)

La plupart des hommes se précipitent pour faire l'amour. Pas vous. Comme l'indique John Gray dans son ouvrage *Mars et Vénus sous la couette*[5] : « Un rapport sexuel est pour l'homme surtout le moyen de mettre fin à son excitation, tandis que sa partenaire, à l'inverse, s'attachera à la prolonger au maximum pour mieux libérer ses désirs les plus profonds. » Bien avant la sexualité, tout commence donc par la sensualité. Dans chacune des étapes suivantes, prenez votre temps et faites grimper la température au maximum chez votre partenaire. Est-il vraiment utile de rappeler qu'il est primordial d'avoir les mains propres avant d'engager quelque festivité ? Si vous touchez votre chérie avec des mains sales, vous risquez de lui provoquer des irritations et de vilains désagréments intimes. Après tout, renversez la situation : aimeriez-vous que votre chérie vous tripote avec des doigts qui ne sont pas propres ? Alors, soyez prévoyants et prenez vos dispositions.

OUBLIEZ LES PRÉLIMINAIRES !

Le terme « préliminaires » est de plus en plus rejeté aujourd'hui car il induit par sa définition que ces derniers constituent seulement une

5. trad. Anne Lavédrine, J'ai lu, 2004.

entrée en matière, pas vraiment un acte sexuel à part entière. « Ce mot donne l'impression que tout ce qui est fait avant la pénétration n'est rien comparé à l'acte en lui-même. Tout ce qui se passe avant n'est pas vraiment un acte sexuel, ce sont juste des "zakouskis" et le vrai acte sexuel reposerait uniquement dans la pénétration » indiquait le sexologue Armand Lequeux dans l'émission Tendances Première en 2018. Ainsi, le plaisir tiré des caresses avant la pénétration ne serait en rien comparable à celui tiré de cette dernière, il ne serait même qu'un avant-goût. La sexualité serait ainsi androcentrée (ou phallocentrée), c'est-à-dire centrée sur l'homme et sur la pénétration avec son sexe.

« Un mec qui ne semble pas pressé pour faire l'amour est d'autant plus viril et désirable. Il ne me paraît pas faible ou *détournable* comme la plupart des autres hommes. »

ISABELLA

Prouvez à votre partenaire que vous n'êtes pas de cet avis et que vous êtes un amant bien différent des autres. Pour vous, les « préliminaires » peuvent constituer à eux seuls le rapport sexuel, sans obligatoirement mener à la pénétration. De même, en tant qu'amant idéal, vous savez que ces caresses peuvent être pratiquées avant, pendant et après la pénétration. Quand un débutant se contente de les pratiquer seulement quelques minutes au début de l'acte (histoire de), le vrai amant les initie tout au long du rapport par petites touches savamment dosées...

La première fois que vous couchez avec votre partenaire, contentez-vous de caresses, sans pénétration. Faites grimper le désir. Si la plupart des hommes sont bien trop pressés à l'idée de conclure, vous ne faites pas partie de ces *bœufs*. N'insistez jamais et ne vous lancez pas dans d'interminables tirades pour qu'une femme accepte enfin de coucher avec vous. Soyez plus intelligent et plus fin en renversant les rôles... Croyez-moi, votre sex-appeal montera ainsi en flèche et votre partenaire se sentira respectée et vous respectera d'autant plus. Avec cette habitude, vous vous démarquerez de nombreux congénères qui paraîtront de vulgaires sots face à vous. N'oubliez pas, c'est votre partenaire qui doit vous demander de faire l'amour. Pas l'inverse.

« Les hommes les plus intelligents font attendre les femmes pour coucher, cela les place immédiatement au-dessus de tous les autres mecs qu'on a pu rencontrer dans le passé. Directement, on se dit que cet homme-là est différent des autres et qu'il a quelque chose en plus. »

ROSE

OBSCURITÉ TOTALE ?

Selon une étude réalisée en 2018[6], 79 % des femmes seraient complexées par l'image de leur corps au moment de faire l'amour. Du côté des hommes, ce sont plutôt leurs performances sexuelles qui les inquiètent (67 %). Cette étude novatrice visait à comprendre les principales sources de timidité ou de gêne au lit. Leur propre perception de leur corps peut donc empêcher les femmes de prendre du plaisir pendant un rapport sexuel. Trop de femmes se concentrent uniquement sur leur apparence lorsqu'elles font

6. Étude réalisée en ligne par Zava, auprès de 1 061 personnes (47 % d'Européen·ne·s et 51 % d'Américain·e·s) qui avaient au moins eu un·e partenaire sexuel·le, disponible sur zavamed.com.

l'amour. Vous ne pouvez imaginer toutes les pensées négatives et toxiques qui peuvent passer dans la tête d'une femme pendant un rapport sexuel : « Mes seins vont pendre dans cette position », « Est-ce que j'ai l'air jolie comme ça ? », « Mes seins vont peut-être lui paraître trop petits ? », « Ne va-t-il pas trouver mes fesses trop grosses ? », « Mon Dieu, j'ai trop de cellulite ! » Autant de pensées qui l'empêchent de prendre véritablement du plaisir.

« Je me sentirais vexée si un homme désirait faire l'amour avec moi dans le noir complet. J'aurais l'impression que mon corps n'est pas assez bien pour lui ou que je ne lui plais pas réellement. *A contrario*, je serais gênée de coucher avec lui la première fois avec trop de lumière ou en plein jour. Une ambiance tamisée, c'est l'idéal pour que je sois à l'aise et plus décontractée. »

MÉLANIE

Comment pouvez-vous remédier à cela ? Je déconseille de tenter l'option d'éteindre toutes les lumières pour vous retrouver dans le noir total. Le bon compromis est plutôt d'opter pour une ambiance tamisée la première fois. Ainsi, des lumières douces et chaleureuses vont créer une atmosphère relaxante et permettre à votre partenaire de se détendre plus facilement et plus rapidement. Bougies, variateurs de lumière, vous pouvez aussi choisir des ampoules de couleur. Évitez le rouge (histoire de ne pas recréer une ambiance BDSM façon chambre rouge de *Cinquante Nuances de Grey*) et préférez une tonalité qui invite au bien-être. Si la première fois se passe chez elle, pas de questions à vous poser. Votre partenaire aura sûrement préparé au préalable une ambiance qui lui sera agréable.

> « La première fois que je fais l'amour avec un homme, j'ai toujours peur qu'il ne me trouve pas jolie nue, trop grosse ou que mes seins soient trop petits. C'est pour cela que je préfère toujours garder mon soutien-gorge. »
>
> SOPHIA

DÉLIEZ VOTRE LANGUE

La communication est primordiale tout au long de l'acte. Ne restez surtout pas totalement silencieux quand vous lui faites l'amour. Demandez-lui si elle apprécie ce que vous lui faites et la manière dont vous la caressez. Interrogez-la sur le rythme qui lui convient pendant que vous la touchez ou la pénétrez. Très important également, dites-lui à quel point vous la désirez, mais aussi combien vous prenez du plaisir avec elle. L'acte n'est pas purement physique, il doit devenir une véritable osmose entre vous. Pour devenir le meilleur amant de sa vie, il est indispensable que vous lui donniez confiance en elle. Répétez-lui à quel point elle est belle et à quel point son corps est parfait. Au lieu de se concentrer sur son apparence, votre partenaire doit se concentrer sur son plaisir et sur votre alchimie. N'oubliez pas non plus la communication non verbale et transmettez également votre adoration par vos gestes et votre regard.

> « Être à l'écoute et pouvoir parler sans être timide et sans se braquer, c'est très important pour une femme. Pouvoir parler de nos fantasmes ouvertement et échanger sur nos envies sans aucune gêne... »
>
> LAURA

Enfin, lorsqu'une femme vous demande ce que vous aimez au lit, par pitié, ne répondez pas : « J'aime tout. » La demoiselle en face de vous souhaite vous faire plaisir, connaître vos désirs et vos fantasmes. Avec une telle réponse, cette pauvre femme se retrouve le bec dans l'eau. De plus, cela révèle une certaine timidité et de la gêne de votre part, ce qui risque de refroidir quelque peu ses ardeurs. Soyez plus spécifique, plus précis, et n'ayez pas de tabous avec votre partenaire lorsqu'elle souhaite connaître vos envies. C'est essentiel.

> « Pendant l'acte, un homme qui ne dit rien et qui ne parle pas, pour moi, c'est un véritable tue-l'amour. »
>
> RÉGINA

> « Une fois, l'un de mes amants m'a sorti en plein rapport sexuel : "tu es tellement bonne que je pourrais jouir rien qu'en te regardant." Cela m'a terriblement excitée et je me suis sentie plus désirable que je ne m'étais jamais sentie auparavant. Instantanément, j'ai oublié tous mes complexes et j'ai pu me lâcher bien plus vite face à lui. Cette phrase m'a tellement marquée que j'y pense encore aujourd'hui et rien que d'y penser, je reprends confiance en moi. »
>
> PAOLA

LE SAINT DES SEINS

Commencez par embrasser votre partenaire. Amorcez les prémisses d'une profonde et intense tension sexuelle. Embrassez langoureusement sa bouche, son cou, puis passez doucement au niveau de ses seins. Attention, sauf si elle vous l'a expressément demandé, ne faites pas une erreur de débutant en mordillant d'emblée ses tétons. Je ne sais quel sauvage a lancé cette rumeur absurde, mais la plupart des femmes n'aiment pas ça. D'une, c'est douloureux, et de deux, c'est inutile.

Quoi qu'il en soit, chaque femme est différente, et certaines sont plus sensibles que d'autres au niveau des seins. Dans tous les cas, n'oubliez pas que plus les zones érogènes stimulées sont nombreuses, plus la femme en face de vous sera dans de bonnes dispositions pour prendre un maximum de plaisir. Stimuler les seins de votre partenaire est d'ailleurs bon pour sa santé, et la vôtre. Plusieurs études ont ainsi prouvé que le stress des hommes baissait significativement lorsqu'ils massent des seins. Les femmes quant à elles produisent l'hormone du plaisir lorsque l'on touche leur poitrine, l'ocytocine, qui est une hormone également importante dans le mécanisme de l'attachement à un individu. Un plaisir donc partagé !

Audrey Andrews confirme cette thèse. Elle explique : « Les jeux de mamelons et de tétons activent la partie du cerveau qui répond également à la stimulation génitale et clitoridienne. Se faire caresser, masser ou sucer les seins déclenche également la libération d'ocytocine[7]. » Cette experte du sexe réputée en Grande-Bretagne déclare qu'une femme peut également jouir lorsque ses seins sont stimulés et confie une technique qui, selon elle, est des plus efficaces.

Si vous désirez donner un maximum de plaisir à votre partenaire, Andrews vous conseille d'abord de masser la zone tout autour des seins afin de stimuler la circulation sanguine. Dans un premier temps, en l'effleurant du bout des doigts, jouez à faire des cercles et des va-et-vient subtils sur sa poitrine tout en évitant soigneusement les tétons. Attendez qu'ils soient durs et plus colorés avant de vous en occuper. Lorsqu'ils auront durci et changé d'aspect, vous saurez qu'ils sont réceptifs et plus sensibles. À ce moment, stimulez avec vos doigts ou avec votre langue les mamelons dressés, de la base jusqu'à la pointe. Sucez-les tendrement, puis de manière plus intense. Vous pouvez également essayer de les aspirer légèrement avec votre bouche ou de jouer avec votre langue pour les titiller. N'oubliez pas d'empoigner fermement (mais doucement) ses seins en même temps.

---

7. Andrews A., Rach J., « The 12 different types of orgasms all women can experience », *Mail Online*, « femail », juillet 2018, traduction de l'autrice.

Le secret, c'est d'embrasser sa poitrine comme si vous embrassiez sa bouche, langoureusement et passionnément. Adaptez-vous à la femme en face de vous et soyez fin observateur en restant à l'écoute de son corps. Il vous révélera en un simple coup d'œil son degré d'excitation. Fiez-vous à ses réactions, ses soupirs, sa respiration et son comportement. Vous saurez rapidement quels gestes sont plus ou moins appréciés par votre partenaire.

« J'ai connu le plaisir de jouir par les seins à l'âge de 16 ans. J'ai trouvé ça incroyable ! Je ne pensais pas que ma poitrine pouvait me procurer autant de plaisir. Cela me fait partir très, très vite ! Et alors, si c'est fait pendant la pénétration, c'est vraiment le feu d'artifice. C'est le meilleur plaisir que l'on puisse me donner. »

LÉA

LA FACE CACHÉE DE LA VULVE

Certains hommes aimeraient que notre plaisir provienne uniquement et exclusivement de leur engin. Or, laissez-moi vous dire un autre secret : ce n'est pas le cas ! La zone du clitoris doit également être stimulée à intervalles réguliers pour nous procurer un orgasme. Selon le très réputé John Gray (auteur du bestseller *Les hommes viennent de Mars, les femmes viennent de Vénus*[8]), 98 % des orgasmes féminins résultent d'une stimulation clitoridienne[9]. Il est donc grand temps que

8. trad. Anne Lavédrine, J'ai lu, 2011.
9. Gray J., *Mars et Venus sous la couette, op. cit.*

votre ego ne nuise pas à votre potentiel d'être un merveilleux amant ! Comme le disait le très ingénieux Ambroise Paré, qui expliquait aux hommes désirant devenir de merveilleux amants à la fin du XVIe siècle :

« L'homme étant couché avec sa compagne et épouse la doit mignarder, chatouiller, caresser et émouvoir, s'il trouvait qu'elle fût dure à l'éperon ; et le cultivateur n'entrera dans le champ de nature humaine à l'étourdi, sans que premièrement n'ait fait ses approches, qui se feront en la baisant et lui parlant du jeu des dames rabattues : aussi en maniant ses parties génitales et petits mamelons afin qu'elle soit aiguillonnée et titillée...[10] »

Pourtant, et peut-être l'ignorez-vous, certaines femmes disent ne pas aimer les cunnilingus uniquement par peur que leur vagin sente mauvais, par peur de trop mouiller ou parce qu'elles se sentent vulnérables dans cette position. De même, certaines n'osent pas se laisser aller dans cette position et prendre totalement du plaisir. Vous ne vous en doutez peut-être pas, mais beaucoup de femmes sont complexées par leur corps. Votre partenaire peut redouter d'avoir trop de ventre ou que sa silhouette ne soit pas avantagée dans cette position et que vous ne la trouviez pas attirante.

Autant de choses auxquelles il va falloir remédier pour devenir son meilleur amant. Comme je vous l'ai déjà dit, prenez le temps

10. *De la génération*, cité par Y. Knibiehler et C. Fouquet dans *Histoire des mères du Moyen Âge à nos jours*, Montalba, 1980, p. 157.

de toujours complimenter la beauté et la sensualité de la femme en face de vous. Si elle se sent extrêmement désirée, elle aura moins de réticence et prendra véritablement du plaisir avec vous. N'oubliez pas, le but est de combler une femme sur le plan physique et émotionnel.

Si vous rencontrez une femme qui vous dit ne pas aimer les cunnilingus, il est important de lui redonner confiance et de la rassurer pour ensuite lui réapprendre petit à petit à aimer cette position, si elle le souhaite. Comme l'indique le sexologue clinicien et spécialiste du clitoris Jean-Claude Piquard, n'oubliez pas que « le plaisir du sexe oral est aussi d'ordre sentimental : s'offrir, être acceptée dans son intimité[11] »...

11. *La fabuleuse histoire du clitoris*, H&O, 2013.

Historique du clitoris

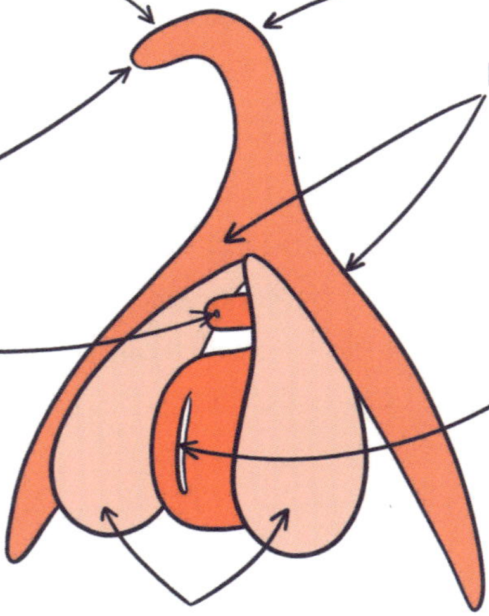

Contrairement à l'homme, la femme possède un organe entièrement et seulement dédié au plaisir : le clitoris. Parfois presque imperceptible, rond, rose et mystérieux, le clitoris est ce petit attribut qui intrigue, voire effraie, plus d'un homme. D'ailleurs, il suscite une multitude d'interrogations pour l'individu de type mâle. À quoi sert-il ? Doit-on obligatoirement le toucher ? Comment fonctionne-t-il ? Où se situe-t-il exactement ? Pourquoi est-il là ?

Dès 300 av. J.-C., le très sage Hippocrate clame haut et fort que le clitoris est l'organe du plaisir féminin. Il évoque également l'existence de la cyprine et insuffle l'idée qu'une femme doit jouir pour tomber enceinte. Même l'Église, quelque temps plus tard, valide cette doctrine. Au Moyen Âge et selon ses indications, les médecins préconisent ainsi pour une bonne fertilité d'enduire d'huile le bouton de rose puis de faire des mouvements circulaires pour le stimuler pendant l'acte. Qui a dit que le Moyen Âge était une période de sauvages ?

C'est malheureusement ensuite que tout se gâte. Quelques savants lui attribuent des fonctions urinaires, d'autres le considèrent comme une déformation anatomique... Le petit bourgeon est décrié et parfois même excisé pour bonifier les impies. Ce n'est qu'à partir de 1559 et grâce au médecin italien Realdo Colombo que le clitoris est reconnu comme un organe à part entière, siège du plaisir féminin. Mais la guerre n'est pas terminée.

À la fin du XIXe siècle, Freud – piètre amant qui ne devait pas pratiquer le cunnilingus – décrète que le plaisir clitoridien est une névrose des femmes, complexées de ne pas avoir de pénis. L'affreux affirme que le seul vrai plaisir féminin ne peut-être que vaginal. En 1894, le Dr Pouillet invente même une ceinture contentive pour empêcher les femmes de se masturber. « Un appareil léger et bien conditionné qui boucherait hermétiquement l'orifice vulvaire, tout en écartant un peu les cuisses et en ménageant une petite ouverture pour le passage de l'urine et des menstrues, rendrait, je pense, un signalé service aux masturbatrices[12] », déclarait le bougre. Dieu merci, depuis, les choses ont évolué. Et depuis 2017, le clitoris est même représenté dans les manuels de SVT. Un petit pas pour l'homme, un grand pas pour la féminité.

L'art du cunnilingus

Je ne m'étalerai pas sur le cas des hommes qui refusent de faire un cunnilingus à leur femme mais qui attendent d'elles des fellations. Ils ne méritent, selon moi, pas plus de tergiversations.

12. GUERRAND R.-H., « Haro sur la masturbation ! » dans P. Ariès *et al.*, *Amour et sexualité en Occident*, Points/Seuil, 1991, p. 304.

Après avoir pris le temps de cajoler sa poitrine, vous allez passer au niveau de l'entrejambe de votre partenaire. Utilisez votre langue et tracez un chemin partant de ses seins et passant par son ventre pour arriver près son sexe. Là, attendez encore un peu avant d'aller directement sur sa vulve et faites-la frémir de désir. Prenez le temps de faire monter la température. Lorsque vous arriverez près de l'antre des délices, caressez l'intérieur de ses cuisses avec la pulpe de vos doigts mais aussi avec votre langue. Stimulez toutes les zones autour de son vagin. L'essentiel est de faire grimper subtilement et doucement le désir entre vous. En agissant ainsi, vous vous démarquez de beaucoup d'hommes bien trop empressés.

« Le meilleur cunni de ma vie ? Mon amant savait tout faire ! Masser et embrasser mon sexe et mon clitoris, toucher et caresser mes lèvres… Mais l'extase : il n'oubliait pas de caresser le reste de mon corps. »

LOU

Lorsque vous la sentez brûlante de désir, caressez puis massez ses lèvres vaginales avec vos doigts pendant quelques instants. N'oubliez pas que le clitoris ne se résume pas au petit bouton de rose visible mais qu'il s'étend jusque dans les grandes lèvres. Recouvrez ensuite son clitoris avec votre paume avant de malaxer doucement mais fermement cette zone très sensible. Pour l'instant, n'utilisez pas votre langue, laissez-la gémir de plaisir sans pour autant lui accorder votre bouche. De même, attendez un maximum avant de la pénétrer avec vos doigts. Cette exquise torture va la rendre folle de désir pour vous.

« Crois-moi, il ne faut pas précipiter le plaisir de Vénus, mais le faire venir doucement, en le retardant longuement. Quand tu auras trouvé l'endroit où ton amie aime être caressée, que la pudeur ne t'empêche pas de la caresser ! Tu verras alors ses yeux briller d'une lueur tremblante, comme le reflet du soleil sur la surface d'une eau limpide ; tu entendras ses plaintes, son tendre murmure, ses doux gémissements et ces mots que l'on dit pendant l'amour. »

OVIDE - *L'ART D'AIMER*

Lorsque votre partenaire vous incitera à l'embrasser au niveau de son sexe (à l'oral ou par son comportement), commencez par lécher ses grandes lèvres avant d'embrasser l'ensemble de son sexe. Doucement, de bas en haut, puis plus fort, en contractant un peu plus votre langue. Titillez ensuite soigneusement la zone qui entoure son clitoris. Tournez délicatement avec votre langue sur cette zone puis lapez plus fermement.

« Un homme doit y aller doucement quand il fait un cunni et ne pas être trop pressé. Il faut qu'il prenne son temps pour que la femme puisse totalement se détendre. »

LÉRA

La plupart des femmes aiment qu'on stimule la zone tout autour du clitoris plutôt que de toucher celui-ci directement. Avec votre langue, jouez tout autour du bouton de rose à un rythme doux puis plus régulier, lent puis plus rapide. Même chose avec votre main, englobez le clitoris avec vos doigts puis faites des mouvements circulaires ou de gauche à droite de manière progressive. Sucez, aspirez, titillez, effleurez, faites vibrer, bref, jouez avec le bouton de rose avec votre langue et vos doigts. Si vous êtes à l'aise avec votre partenaire, n'hésitez pas à lui demander de vous faire une démonstration de la manière dont elle aimerait être touchée.

« Si une femme repousse votre tête pendant votre cunni, clairement, elle n'ose pas vous dire que vous vous y prenez mal. Changez de stratégie ! Pareil, si elle gigote, cela veut souvent dire qu'elle veut vous repositionner à la bonne place. »

VICTORIA

Après quelques instants, placez votre main au niveau de son clitoris pour maintenir plus fermement cette zone. Faites-la vibrer doucement tout en léchant son sexe. Alternez ensuite avec des mouvements circulaires. Vous devriez rapidement vous rendre compte que la demoiselle est de plus en plus mouillée à chacune de ces étapes. Ne rentrez pas encore vos doigts à l'intérieur de son vagin, encore une fois, faites durer le plaisir au maximum.

Plus fort qu'un vibromasseur

On pense souvent que les femmes aiment la douceur quand il s'agit de toucher leur sexe. C'est vrai, mais simplement dans les débuts du rapport sexuel. Après quelques stimulations, un peu de force et de vigueur sont les bienvenues. Pour donner un orgasme à votre partenaire, une autre technique existe, très simple et très efficace. Recouvrez entièrement les grandes lèvres de votre partenaire avec une main puis faites vibrer de gauche à droite son sexe. Doucement, plus vite et, enfin, beaucoup plus vite. Encore une fois, n'ayez pas peur d'être ferme. N'oubliez pas que l'orgasme survient après une stimulation prolongée et continue de la zone du clitoris. Avec cette technique, vous donnerez donc un maximum de plaisir à votre amante en un minimum de temps.

« Un bon amant adopte toutes les stratégies pendant les préliminaires. Caresser doucement puis plus fort, de gauche à droite, de plus en plus fort, insérer ses doigts un peu puis plus en profondeur... »

ALECIA

« J'adore quand l'homme fait vibrer la zone où se trouve mon clitoris avec sa main. Je peux partir très vite s'il fait ça. »

VAL

La question des doigts

Pour toucher une femme, certains hommes jouent à une espèce de mikado improvisé. Ils insèrent un doigt, deux, trois, quatre... Comme si notre vagin était une sorte de trou mystérieux où le gagnant est celui qui insérerait le plus de bâtons. Stop ! Cet exercice peut être drôle, certes, mais est réservé aux débutants. Ce qui n'est plus votre cas, n'est-ce pas ?

Point important : la clé d'un cunnilingus réussi est d'utiliser à la fois vos mains et votre langue. Successivement puis simultanément, en alternance. Tout en léchant son clitoris, insérez d'abord un doigt dans son vagin. Enfoncez votre doigt légèrement, puis de plus en plus profondément. Après quelques minutes, insérez un autre doigt. Ensuite, le secret est de ne pas laisser vos doigts à l'horizontale mais de faire un mouvement très particulier. Je m'explique... Voyez-vous le mouvement que vous faites lorsque vous faites signe à quelqu'un de venir vers vous ? C'est ce geste qu'il va falloir réaliser et qui va vous permettre de stimuler le point G de votre partenaire.

Autre astuce pour faire grimper le désir : entrez puis sortez complètement vos doigts de son vagin pour créer un sentiment de manque. De même, stimulez le gland de son clitoris mais pas seulement. Effleurez puis massez les pourtours de son clitoris, la tige (zone juste en dessous du gland), ses lèvres, etc. Vous verrez, elle vous suppliera de continuer et vous indiquera d'elle-même les zones qu'elle affectionne tout particulièrement.

« La première fois qu'un homme a stimulé mon point G, j'ai découvert un plaisir intense et immédiat. En plus, ça m'a permis de mieux connaître mon corps et mon plaisir. »

KENDRA

La technique de l'espadon

Imaginée par un certain Marc (il se reconnaîtra), cette méthode baptisée du nom d'un poisson au gigantesque nez (qui est en réalité un bec) permettra d'intensifier les sensations de plaisir chez votre amante pendant le cunnilingus. Alors que les amants classiques se contentent de toucher et de lécher le sexe et le clitoris de leur partenaire, l'amant idéal sait se servir de tous ses attributs pour la contenter, y compris des plus inattendus comme... son nez. Bien plus dur que votre langue, servez-vous-en pour titiller et stimuler la zone du clitoris. De gauche à droite ou en formant des cercles autour de cette zone, cette technique sera d'une grande efficacité pour combler votre amante. Autre attribut masculin inattendu qui peut mener à de divines sensations lors d'un cunnilingus : la barbe. Les poils frôlant et caressant (délicatement) cette zone procureront des sensations très excitantes à votre partenaire.

La vérité sur le point G

G, initiale de Gräfenberg, nom de celui qui l'a découvert. Ce n'est pas un point mais plutôt une zone, située en haut à l'entrée du vagin (à environ deux phalanges de l'entrée). Essayez de la repérer lorsque vous touchez votre partenaire. Au moment où vous la stimulerez, votre demoiselle ressentira un plaisir divin et frétillera davantage. C'est sur cette zone que vous allez devoir travailler et faire ce mouvement de « viens » avec le bout de vos doigts. Vous pouvez aussi alterner en effectuant des mouvements circulaires et plus ou moins appuyés sur cette zone. Peu d'hommes connaissent cette pratique pourtant très efficace.

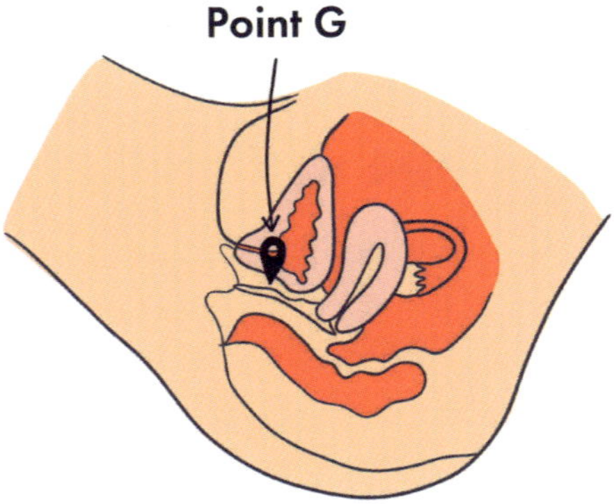

Petite variante : posez votre main avec votre paume sur son clitoris puis insérez quelques doigts dans son vagin pour toucher la zone G. Ainsi, son clitoris et cette zone seront stimulés en même temps : l'extase pour une femme. Bougez ensuite fermement votre main de gauche à droite ou de haut en bas doucement puis plus rapidement. La clé pour qu'une femme atteigne l'orgasme est ensuite la régularité dans la vitesse à laquelle vous bougez votre main.

La technique des cornes de taureau

Redoutablement efficace, cette autre stratégie a fait ses preuves chez les rares initiés qui la connaissent. Avant de tester cette technique, assurez-vous que la femme en face de vous est suffisamment excitée et mouillée, c'est très important.

Assis à côté d'elle, enfoncez délicatement votre majeur et votre annulaire dans son vagin. Une fois qu'ils sont insérés dans l'antre des délices, la pulpe de vos doigts doit être orientée vers le haut du vagin (zone G et clitoris). Stimulez ensuite de manière très énergique de haut en bas pendant quelques minutes en appuyant, à chaque aller-retour, sur la zone du point G avec le bout de vos doigts. Quand je dis qu'il faut stimuler de manière très énergique, c'est vraiment vigoureusement, en allant à chaque retour taper la zone du point G. Ce mouvement va également stimuler la zone du clitoris. Votre partenaire peut avoir un orgasme très puissant très rapidement. Cette technique peut également déclencher une éjaculation féminine très intense, de type « femme fontaine ».

« La première fois que j'ai été "femme fontaine", j'avais 30 ans. Cela a été une expérience incroyable dans ma vie sexuelle. Il a réussi à me faire éjaculer grâce à ses doigts qui me stimulaient de manière très énergique. Je ne la connaissais pas mais il s'agissait en réalité de la technique des cornes de taureau. Je n'ai jamais pu oublier cet homme qui m'a fait connaître cette expérience inoubliable. »

KATIA

La fontaine de jouvence

Les « cornes de taureau » sont effectivement très efficaces pour faire *squirter* une femme. Pendant votre petite séance de travaux pratiques, un liquide va alors sortir de son vagin. Cette eau sécrétée par les glandes de Skene est claire, inodore et non visqueuse. Attention, ce jet peut être puissant et conséquent, vous êtes prévenu.

Si vous êtes le premier homme à lui avoir fait découvrir cette expérience, croyez-moi, elle ne vous oubliera jamais. Chaque femme en face de vous peut être une femme « fontaine » qui s'ignore. Attention cependant, la vulve sera moins lubrifiée après cette fontaine miraculeuse. Le mieux est donc de réserver cette petite option à la fin du rapport en guise de cerise sur le gâteau.

« Certaines femmes dites "fontaines" craignent d'effrayer leur chéri au moment de l'orgasme. Pourtant, chaque homme devrait se sentir fier d'avoir réussi une telle prouesse. »

LUNA

LA FELLATION

Je vous vois venir... Vous vous demandez quand viendra votre tour et surtout comment initier une fellation ? La première des règles à retenir est de ne pas appuyer tel un benêt sur la tête de votre partenaire pour la pousser vers votre verge. De même, ne placez pas votre engin telle une grue face au visage de votre amante pour lui faire *subtilement* comprendre que vous désirez une petite gâterie. Toutes ces techniques sont dignes d'un piètre amant.

Lorsque vous vous serez correctement occupé de votre partenaire, croyez-moi, elle ira probablement naturellement prendre soin de votre engin, sans que vous n'ayez rien à faire. N'oubliez pas une chose : rares sont les hommes qui prennent véritablement leur temps pendant l'amour pour chouchouter leur partenaire. Et une fois que votre amante aura découvert – et savouré – vos talents pour prendre soin d'elle, elle aura spontanément envie de vous rendre la pareille.

> « Quand l'homme m'a fait prendre mon pied, il n'a même pas besoin de me demander une fellation, je la lui fais avec plaisir. Dans ce cas, cela m'excite énormément de le voir prendre du plaisir. »
>
> ROSA

Si elle ne le fait pas – par timidité, par gêne ou par manque d'envie –, n'en faites pas une frustration. Certaines femmes ont eu de mauvaises expériences avec cette pratique. Mais avec vous, cette merveilleuse demoiselle va redécouvrir le sexe et le plaisir. Par la suite, il faudra simplement initier une discussion sur le sujet. L'idéal est de provoquer un échange avec votre amante après le premier rapport à propos de ses goûts et de ses désirs en matière de sexe. Ainsi, vous connaîtrez ses positions sur le sujet et vous pourrez par la même occasion lui faire part de vos préférences. Parlez sans tabou et sans gêne, votre plaisir et votre amour n'en seront que décuplés.

> « Je me dis souvent que plus un homme s'investit dans les préliminaires, plus il s'investira dans notre relation. Cela va de pair pour moi. »
>
> OLIVIA

> « Une fois, j'ai rencontré un homme qui voulait que je lui fasse une fellation alors qu'il refusait de me faire un cunnilingus. Hors de question ! »
>
> MACHA

PROTÉGEZ-VOUS !

Avant de passer à l'étape de la pénétration, un sujet crucial doit être traité : le préservatif, *obligatoire* avant d'avoir réalisé des tests sanguins, ou si vous ou votre amante avez d'autres partenaires irrégulier·ère·s. Ne faites pas partie des inconscients qui osent encore proférer des phrases du type : « Je n'aime pas la capote », « Je ne sens rien avec un préservatif », « Juste deux minutes, pour voir » ou encore : « Mais je n'ai rien, ne t'inquiète pas. » Ai-je véritablement besoin d'expliquer à quel point ces propos sont ridicules ? Si vous n'aimez pas les préservatifs, faites-vous tester, ensemble. Vous ne connaissez pas la femme en face de vous et, par ailleurs, elle pourrait tomber enceinte (oui, dès la première fois). Et vous retirer avant d'éjaculer ne résout pas la question, une femme peut tomber enceinte avec le liquide préséminal. Cet argument vaseux n'a donc aucun sens. Dans le cas où vous seriez allergique au latex, des préservatifs spéciaux et adaptés à votre verge existent. Pas d'excuses, donc.

Sachez que pour une femme, un homme qui énonce ce genre de phrases est très rapidement considéré comme « sale » et qui couche avec de parfaites inconnues sans protection. D'un coup, votre verge en prend un sacré coup et ne semble plus aussi reluisante. Après tout, qui voudrait faire une fellation à un pénis potentiellement infecté ? Et pour être gentleman jusqu'au bout, soyez le premier à dégainer un préservatif.

Chapitre 3

LE MAÎTRE

LA VALEUR D'UN HOMME TIENT DANS SA CAPACITÉ À DONNER ET NON DANS SA CAPACITÉ À RECEVOIR.

Albert Einstein

KIT DE SURVIE POUR DIFFÉRENTES PANNES

Au moment de passer à l'acte, certains hommes peuvent avoir deux soucis assez gênants : la bandaison molle et l'éjaculation précoce. Aucun problème, je vais vous aider à sortir de ces petits désagréments tout à fait banals sans bavure.

Peut-on bander mou avec dignité ?

Ce phénomène souvent mal connu arrive depuis la nuit des temps. Il se faufile dans les contrées les plus arides, laissant ses victimes pantoises et souvent à bout de souffle. La verge peut alors être comparée à une aubergine cuite ou encore à une courgette chaude.

Rappelons brièvement les faits. L'expression familière « bander mou » est généralement employée pour décrire une incapacité à maintenir une érection suffisamment forte pour permettre un rapport sexuel satisfaisant. L'homme se trouvant face à ce problème perd alors toute confiance en lui et en ses capacités. Il ne sait que dire face à une telle mollesse. Sa partenaire oscille entre angoisse de mal faire, stress de ne pas être à la hauteur ou peur de ne pas suffisamment exciter son partenaire. Comment se sortir de cette situation dignement ? Peut-on garder la tête haute quand sa verge ne l'est pas ? Comment faire face au phénomène de la Knacki avec panache ? Trois options sont envisageables.

Option 1 : « Tu m'impressionnes. »

Vous admirez tellement la femme en face de vous que votre engin ne tient pas le coup. Trop d'émotions pour cette pauvre verge sans défense. Une telle humilité est parfaite pour faire naître de la compassion et de la tendresse chez votre partenaire. Vous ne vous sentez tout simplement pas « à la hauteur », au sens littéral comme au figuré.

Option 2 : « Je ne comprends pas ce qui m'arrive... »

Dans la même lignée que l'option précédente, mais plus vague, vous jouez l'homme décontenancé qui ne sait plus où se mettre. Pour les plus audacieux, vous pouvez également risquer le : « C'est la première fois. » Mettez cette bandaison molle sur le compte du stress.

Option 3 : « Je suis fatigué. »

Non, n'allez pas dire que vous avez trop bu. Soyez plus classe et dites simplement que vous êtes « fatigué ». Adoptez un mode de vie plus sain et repartez au front. Après tout, c'est en forgeant qu'on devient forgeron !

Option à bannir formellement

Offusqués, certains hommes essayent de remettre la faute de leur dysfonctionnement érectile sur leur partenaire. En plus d'être mou, vous seriez alors un sombre goujat. Même si vous êtes tenté, ne cédez jamais à cette option. C'est votre verge, point !

N'oubliez pas de donner du plaisir à votre partenaire même si votre bandaison n'est pas au beau fixe. On ne sait jamais, une érection pourrait revenir sans crier gare !

Point cul-ture

Saviez-vous qu'au XVIe siècle, les troubles de l'érection étaient punis par la loi ? Dans son ouvrage *Le Tribunal de l'impuissance : virilité et défaillances conjugales dans l'ancienne France*, l'historien Pierre Darmon explique que l'impuissance était légalement répréhensible et passible de procès. À cette époque, l'Église considérait que l'homme ne respectait pas les sacrements du mariage s'il ne parvenait pas à bander convenablement. La femme pouvait même demander le divorce ainsi que des dommages et intérêts à son époux.

Le piège de la pilule bleue

Aujourd'hui, certains hommes, même très jeunes, ont recours à la petite pilule bleue pour maximiser et intensifier leurs rapports. Entendons-nous bien, chaque homme peut tester cette technique. Mais attention, n'en faites surtout pas une habitude.

Ce médicament est très mauvais si vous y devenez accro et le prenez comme une drogue. En augmentant le flux sanguin, il provoque également des maux de tête très douloureux. À tester, pourquoi pas, si vous en ressentez le besoin, mais en dernier recours, avec une très grande prudence et une très grande modération.

Éjaculation précoce : les 10 commandements pour dompter sa verge

« Ce n'est pas grave... », « Ne t'inquiète pas, ça va aller... » : voici les premiers mots qu'entendent généralement les pauvres mâles souffrant d'éjaculation précoce. Trop excités, trop frétillants et surtout beaucoup trop rapides, la plupart des hommes ont déjà été confrontés à ce problème sexuel *considéré comme le plus fréquent chez la gent masculine.*

Honteux, gêné et souvent penaud, vous vous sentez émasculé de n'avoir pu combler votre partenaire et pouvez devenir anxieux à l'idée de subir de nouveau cet échec. Pas de panique : *safety wank*, *squeeze* ou *stop & go*, voici quelques astuces pour ne plus subir le problème de l'éjaculation précoce.

1 La mitraillette, tu contrôleras

Vous êtes du genre à dégainer la mitraillette tambour battant dès les premières secondes ? Un conseil : misez plutôt sur les changements de rythme. Alternez entre subtilité, rapidité et douceur. Pensez à ce cher Barry White et ne rentrez pas dans un rythme effréné trop rapidement. Votre partenaire (et son vagin) vous remerciera !

2 Ton engin, tu connaîtras sur le bout des doigts

Pour bien maîtriser votre jouissance, il est indispensable de bien connaître votre pénis. Profitez de vos séances de masturbation pour dompter la bête. Pour l'amadouer, apprenez par exemple à reconnaître les sensations juste avant votre éjaculation. C'est un processus indispensable pour espérer un jour dompter votre somptueuse verge.

3 Tes pensées, tu maîtriseras

Vous sentez que vous allez bientôt éjaculer ? Concentrez-vous et pensez à autre chose. Votre patron, la concierge, une série de votre enfance ou encore un délicieux plat de raviolis. Tout peut y passer à condition qu'il n'y ait aucune connotation sexuelle.

4 À te relâcher, tu apprendras

Pendant l'acte, l'homme a tendance à contracter les muscles de son engin pour augmenter la qualité de son érection. Apprenez à les relâcher pendant l'acte pour baisser votre niveau d'excitation et ainsi atteindre l'orgasme moins rapidement. Apprenez également à bien respirer. Vous pouvez notamment utiliser la cohérence cardiaque. Cette technique consiste à réguler votre rythme cardiaque en respirant par le ventre plusieurs fois de suite, afin de retrouver votre calme très rapidement et ainsi dompter vos émotions.

5 Les bonnes positions, tu choisiras

Allez-y *mollo*. Attention, entendons-nous bien : pas *mou*, juste *mollo*. Par exemple, si la levrette est la position la plus excitante pour vous et que la vue du postérieur de votre partenaire vous fait irrémédiablement jouir, ne commencez pas avec cette position. Soyez fin stratège et gardez ces positions qui vous rendent fou pour la fin des réjouissances.

6 Sur la seule pénétration, tu ne miseras point

Ne partez pas tout de suite au front. Prenez le temps de bien vous occuper de votre partenaire avant d'engager les hostilités. Même chose pendant la pénétration : si vous sentez que votre orgasme arrive, soyez plus tactile, embrassez plus langoureusement, touchez, chuchotez des mots doux… Toute une panoplie s'offre à vous pour retarder l'éjaculation et paraître aux yeux de votre partenaire un amant exceptionnel. De plus, la caresser avec vos doigts ou votre langue tout au long du rapport peut permettre de vous libérer de la pression que vous ressentez pendant la pénétration et ainsi résoudre indirectement le problème. D'ailleurs, selon le sexologue et gynécologue Armand Lequeux : « Si les personnes qui souffrent de problèmes sexuels s'ouvrent à d'autres choses et au champ de la sexualité non pénétrante, ils libèrent alors de la pression et peuvent alors s'épanouir. »

7 Le *stop & go*, tu testeras

Connaissez-vous Bill Masters et Virginia Johnson (surnommés « Masters & Johnson »), les deux pionniers en matière de sexologie qui ont révolutionné la sexualité à partir des années 1960 ? Ce célèbre gynécologue de l'hôpital de l'université de Washington à Saint-Louis et cette spécialiste de la fécondation et de la fertilité ont vanté les mérites du *Stop & Go*[13]. Comme son nom l'indique, cette technique consiste à stopper l'action aux moments critiques. Pas très agréable pour votre partenaire, sauf si… vous détournez son attention avec des caresses bien choisies. Ni vu ni connu.

8 De ta baguette magique, les secrets tu connaîtras

Une autre astuce imparable semble fonctionner pour retarder l'éjaculation, un secret de votre verge bien gardé : il s'agit d'appuyer au niveau du frein, juste à côté du gland, avec le pouce et l'index. Un geste qui stopperait net l'orgasme, comme par magie !

---

13. Masters W. et Johnson V. E., *Human Sexual Response*, 1966.

9 Les préservatifs retardants, tu essayeras

Oui, il existe des préservatifs spécialement conçus pour que vous soyez plus endurant et retarder l'éjaculation. Grâce à une petite quantité de benzocaïne (un anesthésique local) ou de menthol présente dans le réservoir, ils insensibilisent le pénis pour de meilleures performances. D'autres modèles possèdent une forme resserrée sous le gland qui appuie sur le nerf érecteur et ralenti l'afflux sanguin. Et vu qu'un tiers des femmes estiment que les rapports ne durent pas assez longtemps, pourquoi ne pas essayer ?

10 Du clitoris, tu prendras soin

Enfin, et cela est valable pour toutes les situations, n'oubliez jamais de stimuler le clitoris de votre partenaire. La plupart des hommes l'oublient trop souvent. Dites-vous bien que si vous prenez soin de son clitoris, elle vous en sera à jamais reconnaissante. Vous deviendrez même très rapidement le meilleur coup de sa vie. Selon une étude Ifop portant sur les Françaises et l'orgasme[14], huit femmes sur dix (78 %) arrivent « facilement » à atteindre l'orgasme lorsque leur amant pénètre leur vagin tout en caressant leur clitoris. Au terme de ces recherches, l'étude indique : « Il est important de relever que les pratiques les plus efficaces – c'est-à-dire celles qui rendent l'orgasme "très facile" – impliquent toutes une forme de stimulation du clitoris, que ce soit dans le cadre d'une pénétration vaginale (38 %), d'une autostimulation (35 %) ou d'un cunnilingus (30 %). À titre de comparaison, la pénétration vaginale au sens strict ne permet qu'à une femme sur quatre (28 %) d'obtenir "très facilement" un orgasme. »

14. Enquête de l'Ifop pour CAM4, « Les Françaises et l'orgasme » réalisée via Internet du 25 au 27 novembre 2014 auprès d'un échantillon de 1 006 femmes, représentatif de la population féminine âgée de 18 ans et plus résidant en France métropolitaine.

De grâce, ne soyez pas comme certains hommes qui se sentent vexés si le plaisir de la femme ne provient pas uniquement et exclusivement de leur engin. Rien ne remplace le plaisir que nous procure la pénétration avec votre verge, n'en doutez pas, mais notre plaisir est décuplé lorsque notre clitoris est stimulé pendant la pénétration. Alors, pourquoi nous en priver ? Par ailleurs, voir une femme prendre du plaisir vous procurera encore plus de satisfaction.

Enfin, sachez qu'une femme comblée sexuellement sera davantage ouverte à toutes les propositions érotiques que son partenaire pourrait lui faire... Intéressant, n'est-ce pas ?

Malgré tout, votre partenaire se sentira flattée de voir que vous n'arrivez pas à vous contrôler face à elle. Le secret réside dans l'éducation de la bête et dans les détournements d'attention subtils.

« Pour être attirant, un homme doit être sûr de lui et savoir prendre les choses en main au lit. »

JULIA

Maintenant que tous ces détails ont été traités, tout est rentré dans l'ordre et votre verge est prête à partir à l'assaut. Vous ne savez pas par où commencer ? Première prérogative : la question « Comment tu veux te mettre ? » est formellement interdite. Il va falloir agir comme un homme à la fois dominant et attentionné, sauvage et indomptable mais doux et tendre quand il le faut. Soyez attentif pour déceler quelle attitude l'excite le plus.

Autre chose : si *Cinquante Nuances de Grey* a connu un énorme succès, ce n'est pas un hasard. Une très grande majorité de femmes aiment se savoir entre les mains expertes d'un homme avisé, entreprenant, ferme et sûr de lui. Beaucoup ont le fantasme secret de se faire prendre par un homme confiant et déterminé.

Ne laissez donc pas de petits imprévus miner votre confiance en vous. Soyez sûr de vous et de votre pouvoir d'amant incomparable pour emmener votre demoiselle au septième ciel.

> « Un homme timide ou coincé ne m'excite pas. C'est d'abord l'attitude confiante de l'homme en face de moi qui va m'exciter, me faire ressentir du désir et me procurer du plaisir. »
>
> ANDRÉA

LA DURÉE IDÉALE DE L'ACTE SEXUEL

Cette épineuse question est source d'interrogations depuis trop longtemps. Voici maintenant des chiffres précis, même si la durée de l'acte est une donnée assez subjective selon les individus. Selon une étude Ifop réalisée en avril 2019[15], 43 % des hommes de 25-34 ans estiment à entre 10 et 19 minutes la durée de la phase active (ou phase de pénétration) nécessaire pour procurer un orgasme à leur partenaire. Dans l'idéal, la durée de la pénétration serait donc d'une vingtaine de minutes pour que chacun·e prenne du plaisir. Autre fait intéressant de cette étude, 72 % des hommes pensent qu'une durée inférieure à 10 minutes entre le moment de la pénétration et l'éjaculation peut être qualifiée de « précoce ». Dernière donnée qui risque de vous faire plaisir : sachez que presque une femme sur deux souhaiterait augmenter la fréquence de ses rapports sexuels (47 %).

15. Étude commandée par charles.co et réalisée par questionnaire auto-administré en ligne du 19 au 24 avril 2019 auprès d'un échantillon de 1 957 personnes de la population française masculine âgée de 18 ans et plus et résidant en France métropolitaine.

« Concernant la durée de l'acte sexuel, il n'y a pas de règles préétablies. Je peux vouloir un rapport long un jour tandis que le lendemain je me satisferai volontiers d'un rapport plus court. »

AURORA

« L'important n'est pas la durée de l'acte mais son intensité. »

LILY

QUESTION DE TAILLE

Mettons les choses au clair tout de suite : n'ayez jamais honte de la taille de votre pénis. Sachez que le vagin est un muscle qui peut s'adapter à toutes les tailles, vous n'avez donc pas à rougir de votre verge, jamais. D'autant que, souvent, les hommes très bien membrés ne savent absolument pas s'en servir et peuvent même nous faire mal pendant les rapports. Certains placent une confiance aveugle dans leur énorme engin et se contentent de pilonner frénétiquement leur partenaire. Tout faux ! Ce n'est pas la taille d'un pénis qui mène à l'orgasme féminin mais la manière dont l'homme se sert de son sexe et surtout de l'attention qu'il donne à notre corps. Masters et Johnson ont également fait beaucoup de recherches sur l'orgasme[16]. Ils ont démontré que la longueur du pénis n'a absolument aucune incidence sur la capacité d'un homme à satisfaire sexuellement sa partenaire. Pour finir, voici un secret bien gardé que les femmes se partagent entre initiées : le diamètre (ou l'épaisseur) de votre pénis est plus important que sa longueur ! Beaucoup plus !

16. *Op. cit.*

« Je ne comprends pas pourquoi les hommes sont obsédés avec l'idée d'avoir un sexe énorme. S'ils savaient que, souvent, ceux qui sont bien membrés nous font mal et ne savent pas s'en servir. »

MARYSE

« Quand l'homme a un sexe très long, certaines positions sont impossibles à faire pour moi, comme la levrette. »

LOUANE

LE *DIRTY TALK*

Le *dirty talk* consiste à dire des mots outranciers à votre amante pendant que vous lui faites l'amour. C'est un exercice très périlleux et il est, à mon humble avis, judicieux d'éviter les insultes ou autres insanités lors des premiers rapports. Après tout, vous ne savez pas encore ce qu'accepte ou non votre demoiselle. Évitez donc l'élégant « suce mes boules » la première fois, la femme en face de vous pourrait penser que vous la prenez pour une courtisane de bas étage. Pour éviter tout dysfonctionnement, adaptez-vous simplement à son mode de communication. La synchronisation du langage permet de formuler des réponses « en miroir », c'est-à-dire, en répondant avec le même vocabulaire et le même champ lexical que celui de la personne en face de vous. Si madame initie un discours assez explicite, suivez-la, mais ne soyez pas le premier à prononcer des mots crus. De même, bannissez de votre esprit la fameuse question : « Tu la sens bien là ? » Par pitié, vous valez bien mieux que cette réplique digne d'un film érotique des années 1950.

Il est cependant certain que les mots crus peuvent être très excitants s'ils sont bien choisis. Pour réussir cet exercice, essayez de dire plus ou moins finement à votre amante que vous allez bien, très bien vous occuper d'elle, et à quel point elle vous rend fou de désir.

« Même si je peux avoir honte de l'admettre, j'aime qu'un homme me parle crûment pendant l'acte. Cela m'excite beaucoup, me fait le désirer encore plus et décuple mon plaisir. »

MARY

« Une fois, au restaurant, un homme m'a discrètement glissé à l'oreille tout ce qu'il comptait me faire lorsque nous serons seuls. Cela a créé une tension et un désir intenses entre nous. Du coup, j'ai pris mon pied deux fois plus vite une fois qu'on a commencé à faire l'amour ! »

KENZA

LES 20 POSITIONS PRÉFÉRÉES DES FEMMES

Concernant les positions, il est essentiel de maîtriser les basiques avant de s'aventurer vers des postures plus exotiques et périlleuses. Si le Kamasutra regorge de positions pour satisfaire votre pétillante libido, ne faites pas pour autant une course pour tester le plus grand nombre de positions possibles en un rapport et n'essayez pas de prouver vos talents d'acrobate d'emblée. Ce n'est absolument pas à cela qu'on reconnaît un bon amant, au contraire.

Même si peu d'hommes osent le faire la première fois, empoignez et plaquez fermement la demoiselle contre un mur ou sur le lit juste avant le rapport sexuel, lorsque le désir est monté entre vous. Oui, c'est cliché, mais terriblement excitant, et les femmes (presque sans exception) en phase de séduction avec un homme fantasment sur ce cliché. Alors, soyez gentleman et réalisez son désir.

Pour les premiers rapports, osez une ou deux positions plus exotiques, pas plus. Lorsque vous trouvez une posture qui vous convient à l'un et à l'autre, savourez l'instant sans penser forcément à celle que vous tenterez ensuite. Ce n'est pas une course. D'autant que les positions les plus simples sont souvent les meilleures. Le tout est, comme toujours, la communication, pour que vous et votre amante puissiez prendre un maximum de plaisir pendant l'acte. Pour vous aider parmi toutes les postures disponibles, voici un classement des vingt positions du Kamasutra les plus plébiscitées chez les femmes et qui s'avèrent parmi les plus productives et les plus efficaces pour donner du plaisir aux femmes.

Le missionnaire

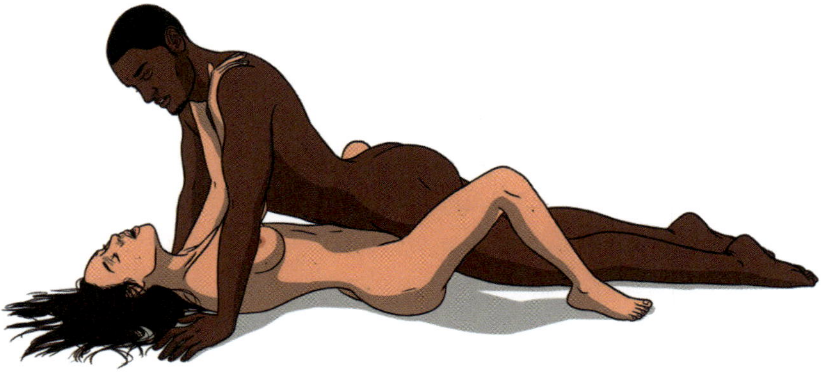

Point cul-ture

Le nom de cette position sexuelle viendrait des missionnaires chrétiens. Chargés de convertir les peuples étrangers au christianisme, ces hommes préconisaient cette position comme étant la seule convenable lors d'un rapport. Tout bon chrétien se devait de s'astreindre à cette position pour rester un bon, pieux et respectable croyant.

Grand classique du Kamasutra, cette position tend pourtant aujourd'hui à avoir mauvaise réputation. Considérée pour certains comme trop routinière ou trop banale, elle est pourtant d'une redoutable efficacité. Pensez-y, elle offre un grand confort pour les deux partenaires mais aussi une belle amplitude de pénétration. Chose ô combien importante, comme nous l'avons vu dans les chapitres précédents, elle offre en plus l'avantage de stimuler le clitoris de votre partenaire pendant l'acte, grâce à votre pubis qui vient taper ou frotter sur cette zone à chaque mouvement.

Très agréable et facile, elle vous offre également l'avantage de pouvoir admirer et embrasser votre partenaire.

Attention, **ne pénétrez pas immédiatement votre partenaire**. En guise de préliminaires, frottez son clitoris avec votre pénis et glissez doucement sur son sexe avec des mouvements de va-et-vient. Tapotez aussi légèrement au niveau de son clitoris avec votre pénis comme si vous déteniez un pinceau entre vos mains. Cela lui procurera une sensation exquise.

L'Andromaque

Point cul-ture

Très connue, cette position est une véritable prise de pouvoir pour les femmes et leur plaisir. Aussi appelée position de l'Amazone (ces guerrières montées à cheval), cette posture implique que l'homme soit allongé et que la femme le chevauche. Le nom « Andromaque » viendrait d'un ancien texte du poète latin Martial qui avait écrit dans ses *Épigrammes* (livre XI, 104) : « Les esclaves phrygiens se masturbaient derrière la porte chaque fois qu'Andromaque chevauchait son Hector. » On peut donc imaginer la vivacité et la fougue de cette charmante dame. Plus récemment, dans *Game of Thrones*, c'est également le moyen que trouve la Khaleesi pour dompter son redoutable et bestial époux, le Khâl Drogo.

Si la plupart des femmes adorent la position de l'Andromaque, c'est parce qu'elles peuvent ressentir à la fois le plaisir de la pénétration et en même temps frotter leur clitoris sur votre pubis. C'est d'ailleurs l'une des positions les plus conseillées aux femmes pour atteindre l'orgasme. Si elle ne le fait pas, veillez à bien prendre les fesses de votre partenaire dans vos mains et à plaquer son pubis contre le vôtre. Son clitoris sera ainsi régulièrement stimulé pendant la pénétration.

La levrette

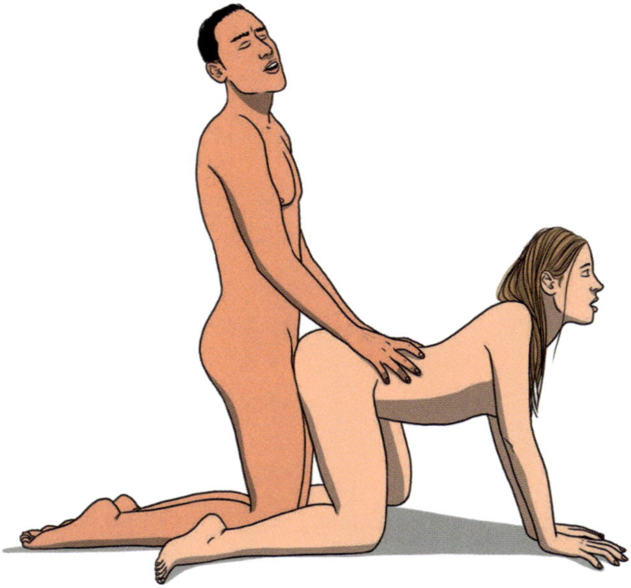

Point cul-ture

Ce nom fait référence à la femelle du lévrier qui a la particularité d'avoir les pattes avant plus courtes que les pattes arrière. En Angleterre et aux États-Unis, cette position est appelée « *doggy style* », tandis que les Italiens ont choisi le terme « *a pecorina* » (« comme des brebis »)[17].

17. Sern P., *Comme des bêtes*, Fayard, 2017.

La base ! Cette position fait partie des valeurs sûres au lit et est souvent largement plébiscitée, autant par les femmes que par les hommes. À quatre pattes, la femme se positionne devant l'homme placé derrière elle à genoux.

Petite astuce pour procurer encore davantage de plaisir à votre partenaire : au lieu de la tenir par les hanches, placez vos mains sur le bas de ses fesses, en écartant délicatement la zone où se trouve son vagin. Ainsi, vos élégantes bourses iront taper sur la zone du clitoris lors de vos différents va-et-vient. Et bien sûr, pour terminer, n'oubliez pas d'empoigner fermement ses fesses mais aussi de tester la traditionnelle fessée, tout à fait conventionnelle dans cette position (à ce sujet, voir page 138).

C'est aussi une position dans laquelle certains aiment attraper leur partenaire par les cheveux. Si tel est votre désir, voici une petite manœuvre pour vérifier si votre amante sera réceptive ou non à cette pratique, délicate au premier abord : placez simplement l'une de vos mains sur sa nuque à la naissance de sa chevelure pendant l'acte. Assez rapidement, soit elle vous invitera à lui empoigner fermement les cheveux, soit elle ne dira rien. Vous serez alors fixé en toute élégance, et sans être passé pour un sauvage.

Attention, si vous êtes doté d'un engin particulièrement long, commencez par faire rentrer uniquement votre gland, puis ressortez doucement. Entrez ensuite un peu plus votre pénis sans pour autant vous enfoncer totalement dans son sexe. Procédez ainsi jusqu'à ce que son vagin soit parfaitement ouvert et dilaté, pour éviter de lui faire mal.

La cuillère

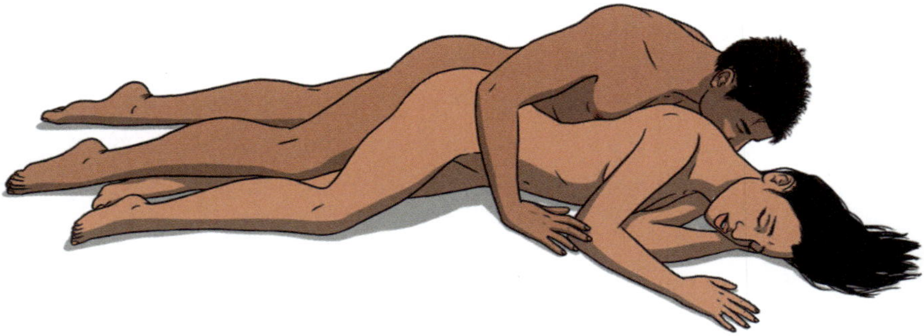

L'homme et la femme sont tous deux couchés sur le côté et s'emboîtent avec sensualité. Très tendre, cette position est également très confortable pour les deux partenaires. Vous pouvez caresser les seins, le sexe, le dos ou les fesses de votre partenaire pendant la pénétration si vous vous placez plus ou moins contre elle.

L'homme peut aussi jouer avec les nuances de sensations en alternant pénétration lente et rapide. Si la femme ne le fait pas naturellement, vous pouvez placer l'une de ses mains sur son sexe pour ainsi l'inciter à stimuler son clitoris, sauf si vous désirez le faire vous-même, bien sûr. N'hésitez pas à embrasser langoureusement le cou de votre amante et à lui glisser des mots bien choisis à l'oreille.

Pour varier, soulevez légèrement l'une des jambes de votre partenaire sur le côté pour avoir un angle de pénétration différent.

Cette position est également très agréable pour un câlin en douceur au petit matin. Bien sûr, et cela va de soi, assurez-vous que votre amante est réceptive à vos avances avant d'engager quelconque festivité. On ne réveille pas une dame en insérant par surprise sa verge. Enfin, il n'est pas inutile de le rappeler, un amant irréprochable aura pris soin de passer par la case salle de bains (et surtout dentifrice) avant tout ébat matinal afin de conserver tout son sex-appeal…

L'union de la pie

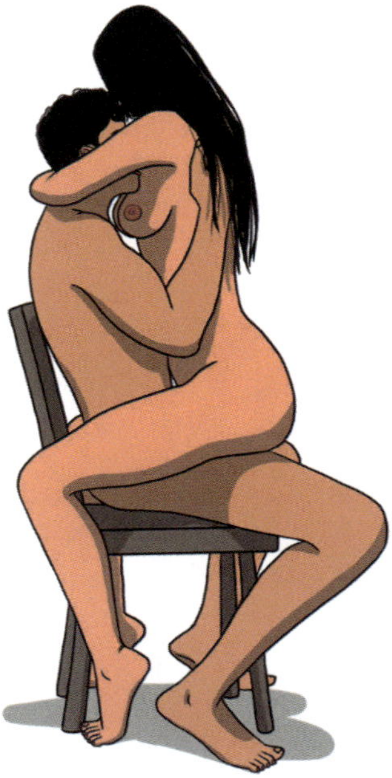

Dans cette position, la femme contrôle le rythme et la profondeur de la pénétration. En prenant appui sur son partenaire, l'amante peut choisir la vitesse et l'angle qui lui conviennent le mieux. Très excitante, l'union de la pie est un fantasme pour beaucoup d'hommes qui rêvent de se faire chevaucher sauvagement par leur partenaire.

Caressez le dos et les seins de votre partenaire. De temps en temps, soulevez ses fesses pour la tamponner à un rythme rapide. Comme dans toutes les postures où vous êtes proche de votre partenaire, susurrez-lui des mots sauvages à l'oreille pour l'exciter davantage. N'oubliez pas que l'esprit autant que le corps de la femme doit être stimulé pour un plaisir maximal.

La courtisane

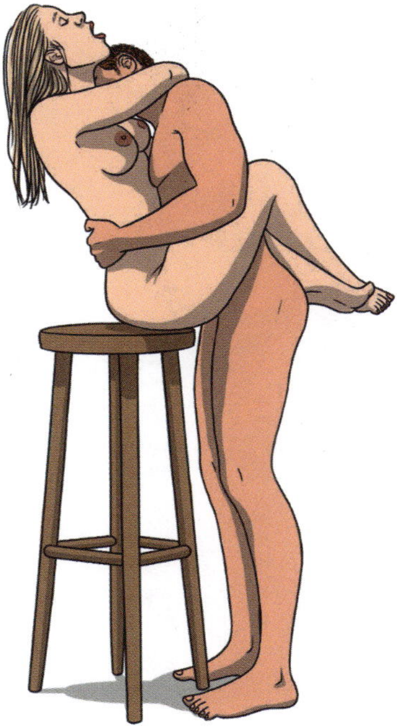

Cette fois, l'homme est aux commandes. Cette position peut se pratiquer sur une table, sur le bord d'un lit ou sur une chaise. L'homme est debout face à sa partenaire assise et il contrôle la cadence des pénétrations. Pour différentes sensations, la femme peut plus ou moins écarter ses jambes ou, au contraire, les resserrer contre son partenaire. Pouvant être sauvage quand l'homme décide de pilonner rapidement sa partenaire, cette posture peut aussi se révéler plus douce quand les deux partenaires s'enlacent tendrement.

Dans cette position, faites toujours attention aux jambes de votre partenaire si elles vous enserrent contre elle. Elles vous révéleront à la fois si votre amante désire être pénétrée plus profondément mais aussi plus rapidement.

L'union de l'huître

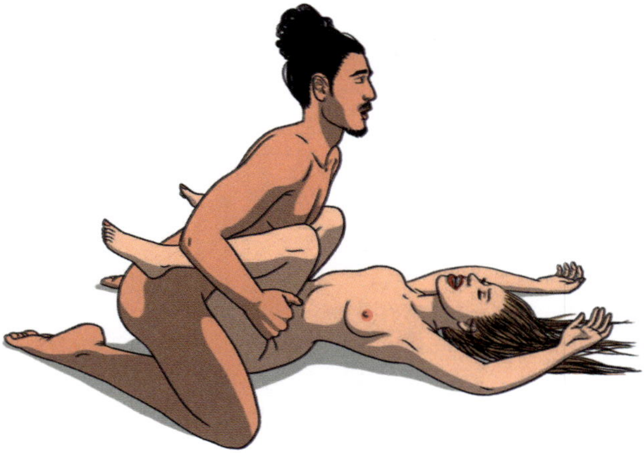

Point cul-ture

Les odeurs de moules ou les étoiles de mer étant particulièrement déconseillées lors d'un rapport sexuel, pourquoi diable parler de fruits de mer lors d'une pénétration ? Le nom de l'huître aurait-il un rapport avec la technique de reproduction de ces crustacés ? Pas le moins du monde puisque les huîtres se reproduisent à distance sous l'eau sans même se toucher, en projetant des spermatozoïdes et des ovules qui vont ensuite se féconder pour former une larve. Vous n'y êtes donc pas du tout. En réalité, le nom de cette union viendrait simplement des positions de l'homme et de la femme ressemblant (en très gros traits, certes) à une coquille d'huître ouverte.

L'union de l'huître est également une position largement plébiscitée à la fois par les femmes et les hommes. Dans cette position, votre amante est allongée et vous êtes à genoux face à elle. Vous serrez les jambes repliées de votre partenaire qui est totalement détendue face à vous.

L'union de l'antilope

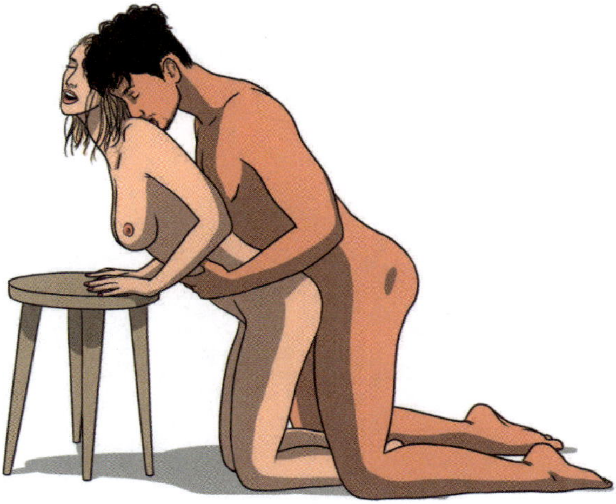

L'union de l'antilope est une variante de la levrette dans laquelle l'homme et la femme sont légèrement plus droits. Pour varier les plaisirs, placez-vous soit à l'intérieur des jambes écartées de votre partenaire ou, au contraire, en plaçant ses jambes resserrées dans les vôtres. L'avantage de cette posture est qu'elle vous permet de caresser plus facilement les seins mais aussi le clitoris de votre partenaire et de l'embrasser dans le cou. L'amant idéal n'oubliera pas également de s'arrêter quelques instants pour lui masser délicatement le bas du dos (exquis) et d'embrasser langoureusement quelques minutes le haut de son dos pendant la pénétration.

Attention, placez vos genoux sur quelque chose de confortable, ils risqueraient d'être échaudés assez rapidement sur un sol trop dur.

L'union du tigre

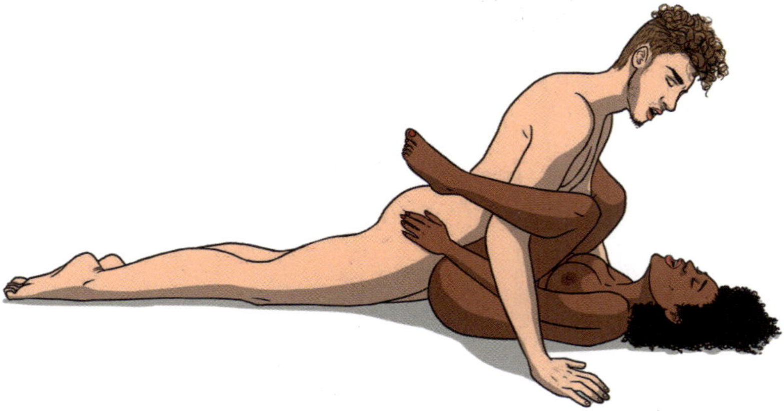

Petite variante du missionnaire, cette position contient néanmoins un détail qui fait toute la différence. Allongée sur le dos, votre amante replie légèrement ses jambes sur son buste et pose ses mains sur vos fesses. Cette petite manœuvre permet une pénétration plus profonde et plus intense. De plus, cette posture ne requiert pas une souplesse particulière et est synonyme de grand confort.

Avantage non négligeable, votre partenaire peut ainsi davantage contrôler la pénétration. Vous saurez ainsi plus facilement, selon la pression de ses mains, quelle cadence adopter et quelle amplitude donner à vos mouvements pour la faire rugir de plaisir... Une aubaine pour les deux partenaires.

Le bambou

Parlons-nous ici de votre verge en pleine action ? Point du tout. Cette position – au nom exotique, certes – consiste à relever une jambe de votre partenaire allongée en face de vous. Appelée aussi « position de la barre » – qui ne désigne toujours pas votre engin par ailleurs –, cette posture permet de stimuler et de frotter encore plus agréablement le clitoris si vous vous penchez vers votre partenaire. Pour varier les sensations, levez tour à tour la jambe droite et gauche de votre amante. Excellente pour stimuler le point G, cette position est idéale pour retarder votre éjaculation grâce à son rythme plus lent.

Autre option, vous pouvez rester plus droit face à votre amante et caresser son sexe avec une de vos mains pendant que vous la pénétrez. Vous pouvez également jouer à varier légèrement l'angle avec lequel vous tenez sa jambe pour lui faire découvrir différentes sensations. Un réel délice pour toutes les femmes qui peuvent ainsi profiter d'une stimulation vaginale et clitoridienne en même temps et en parfait tempo.

L'enclume

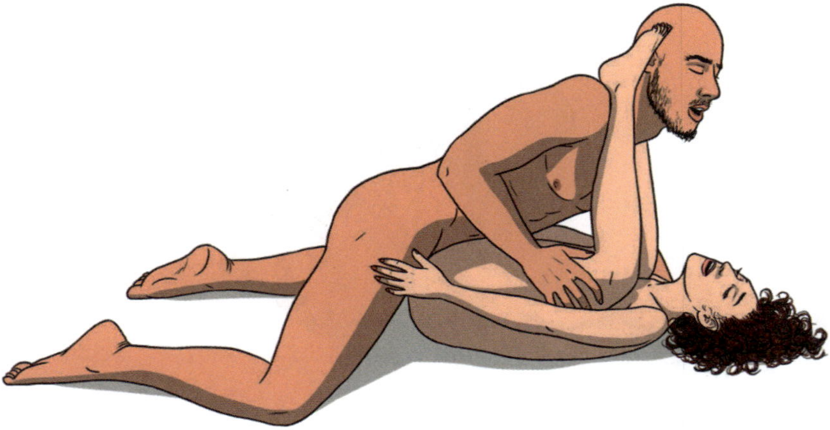

Voici un nom évocateur synonyme de grandes folies dans votre lit. Ici, votre amante est allongée sur le dos, elle place cette fois-ci ses pieds sur vos épaules. Pour une meilleure stabilité, placez vos mains sur ses cuisses. Cette position requiert un peu plus de souplesse chez votre partenaire, mais permet une pénétration profonde et puissante.

Cette posture est très excitante pour la femme car cette dernière se remet totalement entre les mains expertes de son partenaire qui domine la situation et peut varier à sa guise l'amplitude, la puissance et la profondeur de ses pénétrations. Attention tout de même à ne pas vous affaler sur votre amante pendant cette position. Pour les plus vaillants, n'hésitez pas à embrasser les pieds de votre partenaire.

La tige

À genoux, vous surélevez votre partenaire en soulevant légèrement ses fesses. Encore une fois, c'est vous qui gérez le mouvement et le rythme des ébats dans cette posture. Si vous êtes adepte du sport, sachez que cette position est idéale pour votre condition physique car elle demande de la force, de la vigueur et de l'endurance. Qui a dit que les salles de sport étaient nécessaires pour se muscler ? À vous les bras de Popeye si vous pratiquez régulièrement cette posture.

Pour davantage de confort et de stabilité, vous pouvez placer un oreiller sous les fesses de votre amante.

L'union de l'éléphant

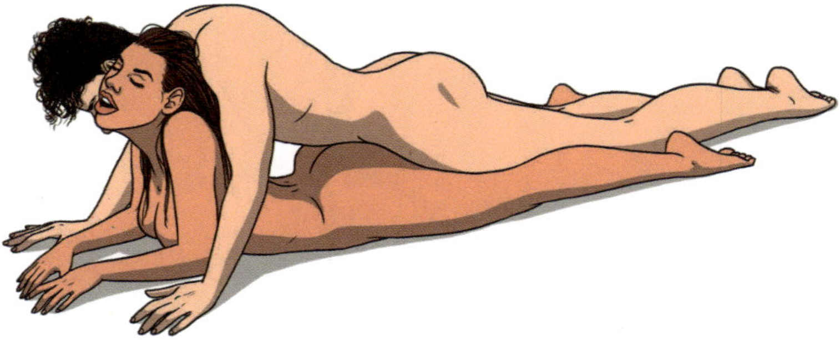

Ce nom ne vient pas faire écho à votre gigantesque trompe, il n'est pas non plus une sombre analogie avec Babar. « L'union de l'éléphant » représente en réalité le fait que l'homme s'affaisse totalement sur son amante dans cette position. Votre amante est allongée sur le ventre tandis que vous vous glissez (avec élégance et délicatesse) sur elle. Bien entendu, ne vous affalez pas non plus tel un bœuf sur votre partenaire.

C'est une position douce et sensuelle qui permet à la femme de contrôler la profondeur de la pénétration grâce à ses jambes qu'elle peut serrer ou écarter à sa guise. C'est également une position idéale pour susurrer des mots – doux ou plus crus – à l'oreille de votre partenaire.

Le pilier

Ce corps à corps sensuel est très prisé par les amateurs de tantrisme. Cette pratique venue d'Inde cherche à exacerber nos sens et à maîtriser notre énergie sexuelle afin que l'on soit capable de créer une connexion très puissante avec notre partenaire. Caresses, baisers, regards, respiration calquée sur celle de l'autre... Le but est de créer une osmose à la fois physique et émotionnelle avec son amant·e. Selon les adeptes de cette pratique, les orgasmes obtenus seraient d'ailleurs deux à trois fois plus puissants que des orgasmes classiques.

Dans la position du pilier, votre partenaire est assise sur vous et contrôle la profondeur et la vitesse de la pénétration. Cerise sur le gâteau, cette posture permet de longs et langoureux baisers entre les amant·e·s et aide les hommes à retarder leur éjaculation.

La balançoire

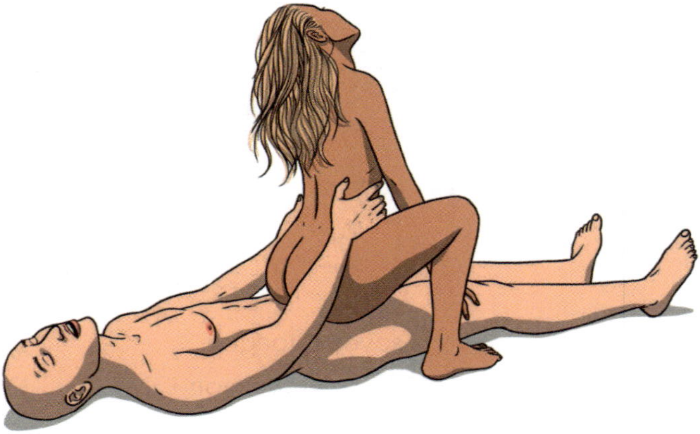

À l'inverse de l'Andromaque, dans cette position, votre amante vous montre son élégante croupe. Un véritable plaisir des yeux pour vous qui ne pouvez qu'admirer le déhanché et les fesses de votre partenaire tout en savourant les sensations qu'elle vous procure.

Pour une pénétration plus ou moins profonde, votre belle peut jouer de sa cambrure pour envelopper votre pénis. Autre fait intéressant dans cette posture : les deux partenaires ne se faisant pas face, chacun·e peut se concentrer plus facilement sur ses propres sensations. La balançoire peut ainsi permettre à certains timides d'être plus à l'aise pendant l'acte.

Variante possible : la femme peut placer ses mains en arrière pour se baisser légèrement vers l'homme et réduire ainsi la pression sur ses jambes.

L'aigle

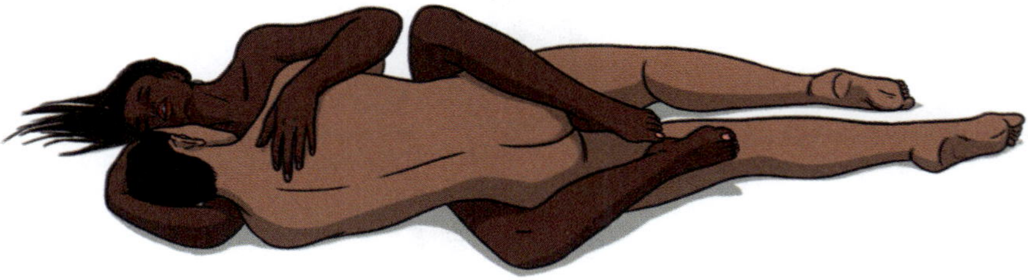

L'aigle impliquant que vous soyez allongé·e·s face à face sur le côté, cette position est idéale pour les moments doux et complices. Ce genre de posture est parfaite pratiquée juste après une position plus sportive ou plus acrobatique, pour reprendre son souffle avec dignité et en douceur.

D'ailleurs, n'oubliez pas que l'important est d'alterner les moments tendres et plus sauvages, lents puis rapides, pour provoquer un maximum de plaisir chez votre partenaire pendant l'acte.

Embrassez la poitrine, le cou mais aussi bien sûr la bouche de votre amante avec passion et délectation. Glissez l'une de vos mains dans sa chevelure puis empoignez quelques cheveux délicatement puis plus fermement pour recréer une intense tension sexuelle entre vous. La clé est de toujours arriver à créer par de petits gestes ou des mots une ambiance très charnelle, même dans des positions très câlines comme celle-ci.

Petite astuce pour être plus stable : relevez l'un de vos genoux pour placer votre cuisse sous les fesses de votre amante.

La balance

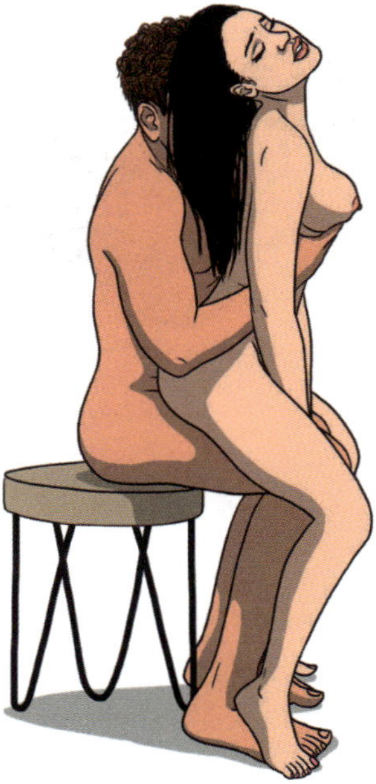

Dans ce cas, la balance n'est pas un vulgaire gueux capable de toutes les ignominies. Il s'agit d'une position ou madame va pouvoir tester sa capacité et son endurance dans le monde merveilleux des squats. Puisque, clairement, c'est le mouvement qu'elle va reproduire sur votre verge. La balance peut se pratiquer sur une chaise ou au bord du lit. Votre amante est totalement maître de l'angle, de la profondeur mais aussi de la vitesse de la pénétration qu'elle souhaite dans cette position. Plusieurs variantes sont possibles : votre partenaire peut serrer ses jambes et se positionner à l'intérieur de vos cuisses ou bien, au contraire, choisir de s'asseoir sur vous les jambes écartées tandis que vous resserrez vos jambes l'une contre l'autre. Selon l'une ou l'autre option, les sensations seront différentes et ses parois vaginales plus ou moins serrées. Vous pouvez également rester assis ou vous allonger pour n'avoir rien d'autre à faire que de savourer les mouvements de votre partenaire. Dans tous les cas, caressez, massez et touchez son corps.

L'union du papillon

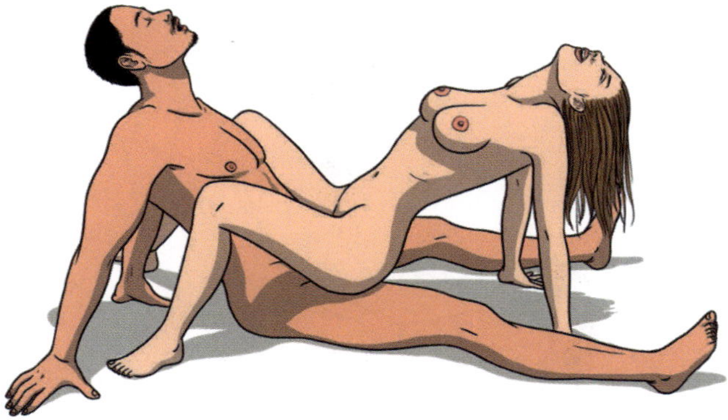

Voilà la position acrobatique que certains attendaient, l'union du papillon étant beaucoup plus périlleuse à réaliser que les postures précédentes. Il ne s'agit pas d'une partie de Twister mais bien d'une position du Kamasutra. Encore une fois, dans cette posture, plusieurs variantes sont possibles.

Dans la version classique, votre partenaire tente de rester mobile, ce qui demande une certaine souplesse ainsi qu'un bon tonus musculaire, tandis que vous vous agitez pour la pénétrer. À l'inverse, vous pouvez rester assis tandis que votre amante gère la pénétration. Enfin, il est aussi envisageable que vous bougiez tous les deux à l'unisson, pour des ébats plus intenses.

Initier cette position pendant un rapport avec votre amante permet de montrer votre culture sexuelle – tout le monde ne connaît pas cette pratique – et donc de lui faire subtilement comprendre que vous êtes ouvert à toute sorte de positions. Une fois l'acte terminé et même si cette posture n'a pas duré longtemps, votre partenaire gardera en mémoire votre audace et votre imagination. Je déconseille toutefois de tester cette position si la femme en face de vous semble particulièrement timide, car l'union du papillon demande une certaine assurance chez votre amante.

Le loup

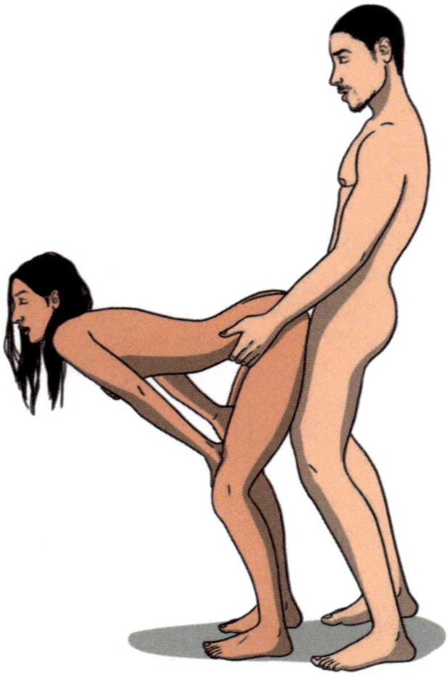

« L'homme est un loup pour l'homme » (*Homo homini lupus est* pour les férus de latin), disait le philosophe Thomas Hobbes (vous pourrez recaser cette citation dans une discussion pour paraître d'autant plus désirable par votre culture). Votre amante et vous êtes debout. Vous vous placez derrière elle, qui se baisse légèrement pour faciliter la pénétration.

Pour plus de confort, votre partenaire peut s'appuyer contre un meuble ou un mur. Afin de varier les sensations, elle peut jouer de sa cambrure mais aussi s'amuser à serrer plus ou moins les jambes. Le loup est une position idéale pour une pénétration à la fois rapide et profonde. Pour davantage de stabilité, n'hésitez pas à tenir fermement votre partenaire par les hanches. Une petite fessée est également de bon ton dans cette posture animale.

L'union suspendue

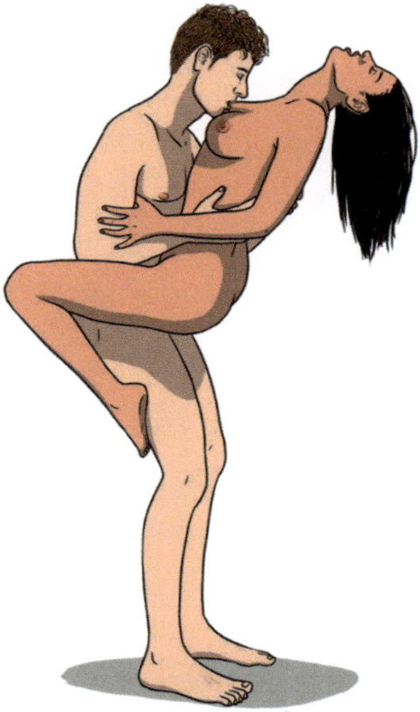

Position pour les messieurs sportifs, l'union suspendue requiert beaucoup de force dans les bras car vous allez porter votre amante tout en la pénétrant avec fougue et panache. Si vous fatiguez, plaquez votre partenaire contre un mur. Croyez-moi, cela sera terriblement excitant pour elle. Dans l'union suspendue, vous aurez une vue imprenable sur la poitrine de votre amante et tout le loisir de lécher et d'embrasser ses seins.

Pour votre amante, cette position sera très agréable, au-delà de l'aspect purement physique, car elle aura l'impression de ressentir toute votre force et tout votre désir. Tous les hommes n'osent pas pratiquer cette position par peur de ne pas réussir à porter et à supporter le poids de leur partenaire. Du coup, ceux qui osent la réaliser sont immédiatement admirés par leur amante. C'est l'une des positions privilégiées à faire sous la douche.

L'UNE DES PLUS GRANDES HONTES POUR UNE FEMME AU LIT

C'est sûrement l'une des plus grandes peurs des femmes pendant les premiers rapports avec leur partenaire : les pets vaginaux (ou, plus poétiquement, *flatus vaginalis* en latin). Favorisés par certaines positions (comme la levrette), les pets vaginaux se produisent lorsque de l'air arrive inopinément dans notre vagin. Et là, c'est le drame.

Imaginez la scène. En tant que femmes, nous tentons d'être féminines, mystérieuses et délicates pour vous attirer dans nos filets. Alors, lorsqu'un malencontreux pet arrive face à l'homme que l'on tente de séduire, imaginez notre désarroi. Dans notre esprit, notre sex-appeal est immédiatement réduit à néant. On se dit même souvent que vous risquez de ne plus jamais nous voir comme la femme élégante et distinguée que nous sommes. Tout cela à cause d'un sombre pet. En plus, nous ne savons pas si vous êtes véritablement conscient que ce bruit douteux provient de notre vagin et non de notre anus. Mais à l'instant T, il est presque impossible de vous détailler d'où vient ce pet : « Ne t'inquiète pas, c'est un pet vaginal et non une flatulence, mon chéri » ou encore « Ça vient de mon vagin, hein, pas de mes fesses ! »... plutôt compliqué.

« La première fois que je couche avec un homme, j'ai toujours la hantise de faire un pet (vaginal) qui viendrait tout gâcher. Quand ça arrive, je ne pense qu'à ça et ça me bloque. »

CHARLOTTE

Si cela arrive à la femme en face de vous, réagissez comme un véritable gentleman. Non, ne pétez pas à votre tour pour détendre l'atmosphère (ce qui risquerait plutôt de la polluer, en l'occurrence). Si une telle situation s'offre à vous, accueillez-la avec humour. Tentez de faire en sorte que ce petit pet intensifie d'autant plus votre complicité au lit. Et surtout, montrez à votre partenaire que ce « frout » n'altère en rien votre désir pour elle... Votre amante vous en sera à jamais reconnaissante, croyez-moi.

« C'est encore un grand tabou pour moi au lit. »

SARA

FANTASMES SECRETS

En matière de fantasmes, il y a deux écoles. Certains pensent que les deux partenaires devraient se dévoiler absolument tous leurs désirs ; parler sans tabou serait ainsi une preuve de complicité et gage d'épanouissement dans le couple. D'autres, au contraire, pensent que si quelques fantasmes peuvent être utiles pour éveiller le désir ou intensifier les rapports sexuels, tous les verbaliser pourrait amener de nombreux et énormes quiproquos dans la relation.

Après tout, certains fantasmes sont uniquement des pensées excitantes et stimulantes que l'on n'aurait pas forcément envie de réaliser dans le monde réel. De même, imaginez un homme qui rêve régulièrement de seins énormes alors que sa partenaire a une petite – mais ravissante – poitrine. Serait-il utile pour leur harmonie au lit de dévoiler ce rêve ? Pas sûr.

De plus, les fantasmes peuvent en réalité révéler des désirs insoupçonnés qui n'ont absolument rien à voir avec leur apparence première. Grâce à l'étude canadienne « What Exactly Is an Unusual Sexual Fantasy ? »[18] (« Qu'est-ce qu'un fantasme inhabituel exactement ? » en français), aux livres *My Secret Garden*[19] et *L'Empire des femmes*[20] de Nancy Friday mais aussi grâce aux analyses du psychopraticien Patrice Dubourg[21], j'ai ainsi listé quelques fantasmes courants chez la gent féminine et leurs interprétations. Vous allez vite vous rendre compte que leurs significations psychanalytiques sont souvent très différentes de ce que l'on pourrait penser…

Faire l'amour avec un inconnu

Imaginez une femme qui irait raconter à son homme qu'elle désire secrètement se faire prendre sauvagement par un étranger croisé au détour d'une ruelle sombre. Pas sûr que Monsieur soit ravi. Pire, ce brave homme pourrait se sentir émasculé et douter de ses performances sexuelles, alors que ses compétences sont pourtant tout à fait honorables. Pour beaucoup, ce fantasme évoque une lassitude du partenaire ou bien une routine sexuelle ennuyante qui se serait installée au sein du couple. Selon Patrice Dubourg, ce fantasme est une *figuration*, c'est-à-dire une représentation symbolique ou une notion abstraite représentée par une chose tangible. Par exemple, rêver d'une courgette coupée brutalement en rondelles représenterait en réalité la peur de l'impuissance sexuelle, la courgette figurant le pénis.

18. Joyal C. C., Cossette A., Lapierre V., « What Exactly Is an Unusual Sexual Fantasy? » *Journal of Sexual Medicine*, février 2015.
19. RosettaBooks, 1973.
20. Albin Michel, 1998 pour l'édition française.
21. *La Process Com, découvrir et pratiquer*, Eyrolles, 2009.

Une jeune femme qui fantasme de coucher avec un inconnu aurait en réalité la peur du jugement de l'autre pendant un rapport sexuel, sur son corps ou ses compétences sexuelles, le plus souvent : avec un inconnu (souvent représenté sans visage distinct par ailleurs), plus aucun complexe et plus aucune inhibition. Par ailleurs, cet anonyme nous permet d'assouvir tous nos désirs et toutes nos pulsions sans que l'on puisse craindre d'éventuelles conséquences ou un éventuel rejet de sa part. D'après l'étude « What Exactly Is an Unusual Sexual Fantasy? », ce fantasme est présent chez 66,3 % des femmes, soit plus d'une femme sur deux.

Le fantasme du viol

Bien entendu, je ne viens pas ici faire l'apologie du viol, loin de moi une telle idée. J'en profite d'ailleurs pour vous rappeler de toujours recueillir le consentement de votre partenaire avant d'entamer quelque pratique que ce soit avec elle.

Beaucoup de femmes ont le fantasme du viol, 64,6 % selon l'étude canadienne que l'on vient de citer, qui a étudié les fantasmes de 1 500 personnes. Il s'agit d'ailleurs d'un exemple typique de fantasme qu'aucune femme n'aimerait vivre dans la réalité. Alors, à première vue, on pourrait penser que la femme qui éprouve ce genre de désir de soumission extrême est une grande masochiste. Cette interprétation est totalement fausse. En fait, cela peut au contraire cacher une femme qui aurait des désirs de domination et traduire un phénomène d'*identification projective* : elle s'identifie au violeur et à sa manière de dominer la femme. Les femmes qui auraient ce fantasme cacheraient donc en réalité un désir ardent de dominer et de soumettre leurs partenaires.

Le fantasme du viol peut également être le fruit du désir d'une femme qui aime tout simplement la soumission. Il peut ainsi évoquer une possibilité de grand lâcher-prise, la femme n'ayant aucune décision à prendre, aucun choix dans ce qu'elle doit ou non faire. Ce fantasme peut également révéler un désir secret de ne pas être responsable de l'acte sexuel quel qu'il soit pour coller à l'image de la fille « respectable », d'après les injonctions sociétales. Faire l'amour avec un partenaire qui aurait une stature d'homme de pouvoir et d'autorité pourrait également traduire un refoulement œdipien (par rapport à la figure paternelle). Étonnant, n'est-ce pas ?

Le fantasme du gang bang

Point cul-ture

Ce fantasme est très ancien puisque le marquis de Sade l'évoquait en 1797 avec son ouvrage *Histoire de Juliette, ou Les Prospérités du vice.*

Autre joyeuseté tout à fait commune : le gang bang. Dans ce cas précis, la femme rêve de faire l'amour avec plusieurs hommes et d'être prise telle une gourgandine par de nombreux mâles brandissant tour à tour leur énorme pénis. Vous pensez que ce fantasme est le désir d'une nymphomane ? Que nenni. Selon Patrice Dubourg, cela traduirait un phénomène de *déplacement* et signifierait simplement un désir chez la femme de « sortir des carcans sociaux de la "fille sage" ». Le déplacement est une émotion qui se déplace d'un objet à un autre, par exemple, représenter votre pénis par une énorme courgette.

Ce fantasme serait surtout lié à la recherche plus ou moins consciente d'un moyen d'obtenir de nombreux orgasmes, mais aussi de la jouissance de se sentir irrésistible face à plusieurs hommes qui feraient la queue pour la pénétrer.

Faire l'amour avec une femme

La femme qui a ce genre de fantasme est-elle en réalité une lesbienne refoulée ? N'a-t-elle juste pas assumé haut et fort son homosexualité ou sa bisexualité ? C'est possible, mais ce ne sont pas les seules analyses envisageables.

En psychanalyse, ce fantasme équivaut à une *condensation* selon Dubourg : lorsqu'un personnage représente en réalité plusieurs personnes. Selon lui, fantasmer de faire l'amour avec une autre femme viendrait en réalité faire écho à un désir de retour à l'amour primitif et fusionnel avec la mère.

Dans un autre registre, ce fantasme peut également être un moyen inconscient pour la femme de vouloir comparer son savoir et ses compétences sexuelles avec une autre femme. Aussi, les femmes qui n'arrivent que difficilement à avoir un orgasme avec un homme peuvent imaginer qu'un rapport sexuel avec une femme sera peut-être plus épanouissant car elles seront avec une femme qui connaît véritablement le sexe féminin sur le bout des doigts.

Dans l'étude canadienne citée, l'on retrouve également parmi les fantasmes les plus plébiscités chez les femmes le fait d'être masturbée par son partenaire (71,4 %) mais aussi le fait de faire l'amour dans un endroit atypique (81,7 %).

Enfin, n'oubliez pas que les fantasmes évoluent fréquemment avec l'âge. Un homme ou une femme n'aura pas les mêmes désirs à 20, 30 ou 50 ans. Ainsi, un jeune homme pourrait ne pas supporter de voir sa partenaire faire l'amour avec un autre dans la vingtaine puis finalement s'ouvrir à des pratiques libertines quelques années plus tard. De même, une femme qui n'aurait que peu exploré sa sexualité dans sa jeunesse pourrait éprouver de nouveaux fantasmes au fil du temps.

« Mais, quelle que soit l'époque où vous lirez ces lignes, n'oubliez pas que les fantasmes érotiques ne sont jamais datés : toute la littérature érotique, *d'Histoire d'O* jusqu'à Anaïs Nin et Henry Miller, continue à produire son effet parce que la sexualité humaine ne change pas ; c'est seulement le rideau de la répression qui peut se lever ou retomber. »

NANCY FRIDAY, *L'EMPIRE DES FEMMES*

FESSÉE *OR NOT* FESSÉE ?

Autre question qui a toute son importance, notamment dans la position de la levrette : faut-il oser la fessée ? Et si la dame en face de vous s'offusquait face à cet acte de bravoure ? Je vais mettre fin à vos interrogations.

« Moi, j'adore la fessée au lit. Pour moi, elle est même indispensable dans certaines positions. Par contre, l'homme ne doit pas me demander la permission sinon ça me coupe, j'ai l'impression qu'il a peur de moi. »

MARIE-JULIE

Honnêtement, comme on le dit souvent, une petite fessée ne fait jamais de mal. J'ai bien dit « petite ». Faites évidemment attention à ne pas devenir un Viking en rut dans l'euphorie de l'instant. Vous pouvez tester l'expérience en donnant une petite tape sur le postérieur de votre amante puis vous adapter à sa réaction. Vous saurez d'emblée si elle est réceptive à cette pratique ou non. Si elle apprécie, elle en redemandera. Allez-y ensuite crescendo puis terminez en empoignant ses fesses fermement, c'est très excitant pour bon nombre de femmes.

Dernière prérogative : préférez agir avec la paume de la main plutôt qu'avec le bout des doigts. Bien réalisée, la fessée a un côté bestial et augmente en un claquement de doigt (ou plutôt de paume) l'excitation et le désir.

« Une fois, j'ai connu un homme qui s'est cru dans un film porno. Il s'est mis à me fesser des deux mains et je l'ai très mal pris. La fessée oui, mais avec modération. Mieux vaut qu'il commence en douceur pour que je lui indique si j'aime ça et la force que je souhaite. »

LOUISE

LE SEIGNEUR DES ABRICOTS

Pour devenir le meilleur amant de sa vie, veillez à atteindre et stimuler régulièrement la zone où se trouve son clitoris avec votre pubis pendant les différentes positions. Si ce n'est pas possible, touchez cette zone avec votre main pendant la pénétration. Comprenons-nous bien : il n'est pas nécessaire que son clitoris soit touché de manière ininterrompue, mais il faut qu'il le soit régulièrement.

Concernant le rythme, soyez à l'écoute et fin observateur. Souvent, les femmes imposent naturellement un rythme à leur partenaire durant les différentes positions. Encore une fois, adaptez-vous et communiquez avec votre partenaire, que ce soit de manière verbale ou non verbale.

UNE QUESTION DE RYTHME

Au départ, jaugez les envies de votre partenaire et adaptez-vous à son rythme. Ne commencez pas à la pénétrer tambour battant dès le départ. Vous verrez qu'elle imposera un mouvement plus ou moins rapide au début de la pénétration. Ensuite, c'est à vous de varier les différents rythmes : ralentissez, puis accélérez, et ainsi de suite. Pour faire durer le plaisir, alternez douceur et fermeté, lenteur et rapidité, tendresse et bestialité.

Par contre, lorsque vous sentez que votre partenaire est au summum du plaisir et que son orgasme est proche, veillez à conserver un rythme régulier. Tout comme lorsque votre éjaculation est sur le point de se produire, la régularité est la clé pour la jouissance d'une femme.

De même, pourquoi ne pas tenter la PNL lorsque vous faites l'amour à votre demoiselle ? Quelques astuces de la programmation neurolinguistique peuvent être très utiles pendant un rapport sexuel pour procurer davantage de plaisir à votre partenaire. Par exemple, synchronisez votre respiration sur la sienne pour adopter le rythme idéal. De même, vous pouvez tenter d'harmoniser la tonalité de votre voix à celle de votre amante et tenter ainsi un mimétisme comportemental. Inconsciemment, elle se sentira ainsi encore plus en osmose avec vous.

L'IMPORTANCE DU REGARD

La plupart des femmes pensent qu'un homme qui ne les regarde pas dans les yeux pendant l'acte sexuel n'est pas sincère avec elles et ne souhaite que du sexe. Tout au long de l'acte, regardez régulièrement votre partenaire dans les yeux. Il ne s'agit pas là de ne pas lâcher du regard votre compagne pendant que vous lui faites l'amour, mais plutôt de la regarder intensément quelques délicieuses secondes à des instants bien choisis. Cette petite habitude toute simple donnera davantage de profondeur et d'intensité à votre rapport sexuel.

> « Une fois, j'ai couché avec un mec qui fermait les yeux pendant qu'il me faisait l'amour. Cela m'a beaucoup vexée, je me suis dit que je n'étais pas assez excitante et qu'il devait penser à une autre femme. »
>
> LINDA

De même, jouez avec votre regard et faites ressentir à votre partenaire à quel point ce que vous vivez est un instant savoureux pour vous. Vous ne vous rendez sûrement pas compte à quel point c'est excitant pour une femme de voir son homme prendre du plaisir. D'ailleurs, une femme se sent plus puissante et prend confiance en elle et en ses capacités lorsqu'elle voit qu'elle satisfait sexuellement son partenaire.

Autre petit conseil : essayez d'atteindre la tête de votre partenaire tout en plongeant vos yeux dans les siens et glissez vos doigts dans sa chevelure. Bien faite, cette astuce s'avère exquise...

LES SEXTOYS, BONNE OU MAUVAISE IDÉE ?

Oui, beaucoup de femmes ont un vibromasseur. Ce petit objet nous permet d'obtenir un orgasme très rapidement lorsque nous sommes en période de disette sexuelle. Mais soyez sûrs d'une chose : un orgasme obtenu avec un sextoy n'a absolument rien à voir avec le plaisir que nous ressentons lorsque nous faisons l'amour avec notre partenaire. Ne vous sentez donc pas inférieur à ce pauvre petit accessoire à piles. Mieux, soyez assez sûr de vous pour initier l'usage de sextoys avec votre partenaire. Ne laissez pas des préjugés ou votre manque de confiance en vous vous froisser l'ego.

« Un ex à moi m'avait proposé d'introduire des vibromasseurs dans nos relations. C'était la première fois qu'un homme me parlait de ça ! Je me suis dit qu'il avait énormément confiance en lui pour me proposer ça mais aussi qu'il cherchait à me donner un maximum de plaisir. Je ne l'ai jamais oublié et aujourd'hui encore, je le considère comme le meilleur de mes amants. »

LOLA

Si vous acceptez de jouer avec des sextoys, vous apparaîtrez comme un amant redoutable et vous satisferez votre partenaire comme aucun homme ne l'a fait auparavant par votre audace, votre maîtrise et votre assurance. D'autant que ce sujet est souvent tabou pour une femme. Alors, lorsque nous rencontrons un homme désireux de nous faire découvrir tous les types de plaisirs et d'orgasmes, il devient vite le meilleur amant de notre vie.

« Les sextoys, oui, mais il ne faut pas les introduire trop tôt. L'homme devrait attendre d'avoir tissé une réelle complicité avec son amante. »

ARIANA

Que les choses soient claires : nul besoin d'initier l'usage de sextoys durant les premiers rapports. Apprenez d'abord à découvrir le corps de votre partenaire sans accessoires. Par contre, ne soyez pas réticent à tester les sextoys après quelques mois de relation. Ils seront très utiles pour pimenter vos rapports, intensifier votre complicité et parcourir les mystérieux chemins du plaisir. Godemichet, anneau vibrant, vibromasseur... le choix est vaste, alors variez les plaisirs !

« Si j'utilise un vibro sur mon clitoris en même temps que mon partenaire me pénètre, j'ai un orgasme en deux minutes top chrono. »

NATHALIE

LA SODOMIE

Pour les premiers rapports, il est fortement déconseillé de demander à faire une sodomie d'emblée. Instantanément, votre réputation baisserait en flèche. Tout d'abord, la femme en face de vous se dirait que vous faites cela avec n'importe quelle femme.

Et même si elle ne le dit pas, dans son esprit, vous serez rapidement catégorisé dans la rubrique « homme suspect ». Après cette demande prématurée, votre valeur ne sera plus jamais la même dans l'esprit de votre amante. Parlons peu, parlons bien : cette technique doit être réservée au moment où vous connaîtrez suffisamment votre amante et ses positions sur cette position. Même chose pour l'anulingus.

Lorsque vous aurez donné suffisamment de plaisir à votre partenaire avec les techniques dites « classiques », vous pourrez initier de nouvelles propositions plus audacieuses. Avant cela, abstenez-vous, sauf si c'est votre amante qui vous propose l'idée, auquel cas, à vous de décider.

Par ailleurs, un point capital doit être souligné : si vous vous occupez de son anus, de quelque manière que ce soit, ne retournez surtout pas vers son vagin qui risquerait d'être infecté par les bactéries présentes dans son rectum. N'allez donc pas souiller l'abricot fragile de votre partenaire qui risquerait de très désagréables irritations si vous trifouillez son anus puis son vagin. Si vous portez un préservatif (ce qui est obligatoire avant d'avoir fait des tests sanguins, rappelons-le), il faut le changer si vous désirez retourner pénétrer son doux vagin. Si vous commettez cette erreur fatale, vous risquez de causer des mycoses, des infections urinaires ou d'autres réjouissances très désagréables à votre chérie.

TOUT SUR L'ORGASME FÉMININ

Comment savoir à coup sûr qu'une femme a eu un orgasme ?

Les réponses « elle a les jambes qui tremblent » ou « elle crie » ne sont pas acceptées. Le seul et l'unique moyen de repérer si une femme a eu un orgasme est de sentir se contracter son périnée très fortement et à intervalles réguliers.

Quand une femme a un orgasme, son périnée et donc son vagin, son utérus et même son anus se contractent intensément quelques secondes puis se relâchent plusieurs fois de suite, une série de spasmes involontaires et incontrôlés qui vont s'arrêter progressivement. C'est le seul et unique moyen de savoir avec certitude que votre amante a eu un orgasme.

Orgasme vaginal vs orgasme clitoridien

Avez-vous déjà entendu l'un de vos collègues masculins vous expliquer les différences entre l'orgasme clitoridien et l'orgasme vaginal chez une femme ? À quel point il est doué pour déclencher un orgasme vaginal chez sa partenaire ? Laissez-moi vous dire une chose : cet homme ne connaît absolument rien au corps des femmes. En réalité, il n'existe pas à la fois un orgasme vaginal et un orgasme clitoridien. **L'orgasme vaginal est un mythe !** Tous les orgasmes sont clitoridiens, mais ils peuvent être obtenus soit par stimulation externe – du gland et de la tige du clitoris –, soit par stimulation interne – des bulbes du clitoris qui entourent le vagin.

Oui, l'éjaculation féminine existe !

Eh oui, une femme aussi peut « éjaculer », c'est la fameuse « fontaine ». Un jet de liquide inodore et transparent assez conséquent sort alors du vagin au moment où la femme est au summum du plaisir. Ce phénomène peut être obtenu avec une stimulation interne ou externe.

Selon le psychosociologue Jacques Salomé qui a enquêté sur ce phénomène, chaque femme est potentiellement « fontaine » : « Les femmes sont toutes des "femmes fontaines", à condition de rencontrer le bon "sourcier". C'est-à-dire, un homme tourné vers elles, plus attentif au sexe de sa partenaire, qu'au sien. [...] Ainsi, la qualité de la rencontre, une confiance particulière, la possibilité de s'abandonner avec un partenaire davantage tourné vers elles sont autant de facteurs qui favorisent l'émergence du phénomène et son acceptation[22]. »

MAINTENANT QUE VOUS SAVEZ TOUT...

Inutile de le rappeler : savourez l'instant et ne courez pas non plus à la performance. Testez, découvrez et surtout amusez-vous ! Aucun homme ne maîtrise tout à la perfection, l'essentiel est d'apprendre ce qui fonctionne le mieux avec votre partenaire, qui est unique. Dans tous les cas, n'ayez aucune crainte sur vos capacités. Très peu d'hommes connaissent et appliquent les conseils que vous venez d'apprendre, alors soyez sûr de vous. L'essentiel est que vous soyez à l'écoute des désirs et du plaisir de votre amante. Dites-vous que vous êtes le seul capable de lui offrir une expérience sexuelle unique et incroyable. Le reste suivra naturellement.

22. *L'effet source : rencontres avec des femmes fontaine*, de l'Homme, 2011.

Ne vous lancez pas dans un questionnaire détaillé après l'amour pour tenter de connaître les premières impressions de votre partenaire. Restez détendu, serein, et savourez simplement l'instant sans vous poser davantage de questions. Pour une femme, rien de moins sexy qu'un homme qui se met trop la pression ou que l'on sent stressé après l'amour. Rassurez-vous, si votre demoiselle a apprécié l'échange qu'elle vient d'avoir avec vous, vous le saurez très rapidement.

Même chose, ne vous stressez pas avec l'orgasme de votre partenaire, qui n'est pas forcément obligatoire à tous les rapports. Plus il est fréquent, mieux c'est, bien sûr. Mais une femme peut tout à fait prendre du plaisir lors d'un rapport sexuel sans pour autant avoir d'orgasme à tous les coups. L'essentiel est que vous instauriez un climat de confiance, de complicité et de dialogue avec votre partenaire.

Dernier conseil très important : évitez de devenir un ermite une fois l'acte terminé. Ne vous jetez pas sur votre téléphone portable pour consulter vos éventuelles notifications. Elles peuvent attendre. Ne sautez pas non plus sous la douche comme si vous étiez sale. Allongez-vous à côté de votre partenaire et profitez de l'instant. Restez tendre et attentionné. Profitez-en pour faire de délicieuses caresses du bout de vos doigts sur le corps de votre demoiselle. Rappelez-vous, un vrai bon coup se reconnaît par l'attention qu'il porte à sa partenaire avant, pendant, mais aussi après l'amour.

Désormais, je vous le garantis, vous êtes un homme rare et précieux pour n'importe quelle femme qui aura la chance de croiser votre route. Et si votre amante vous demande comment et où vous avez appris toutes ces astuces, contentez-vous de lui répondre : « C'est toi qui m'as inspiré. » Je ne vous en voudrai pas...

FICHE PRATIQUE

LES 10 COMMANDEMENTS DE L'AMANT IDÉAL

1 L'HYGIÈNE ET LA SANTÉ, TU N'OUBLIERAS PAS

Pour votre bien-être et celui de votre partenaire, vous veillez à avoir une hygiène irréprochable. Vous prenez toujours soin de laver vos mains avant de faire l'amour avec votre amante. C'est un geste souvent négligé mais qui est pourtant essentiel pour préserver l'équilibre et la santé de la vulve convoitée. De même, vous ne faites jamais l'impasse sur le préservatif, ce qui vous permettra de ne pas engendrer une descendance imprévue ou de contracter une IST.

2 SES CINQ SENS, TU STIMULERAS

Vous savez toucher et exciter aussi bien le corps que l'esprit de votre partenaire. En sollicitant les cinq sens (la vue, le goût, l'odorat, l'ouïe et le toucher) de votre amante, vous créez avec elle une véritable osmose physique et émotionnelle qui restera gravée dans sa mémoire.

3 TA LANGUE, TU DÉLIERAS

Le secret d'un rapport sexuel réussi réside dans une communication fluide entre les deux partenaires. Vous utilisez votre langue pour faire grimper la température entre vous, que ce soit avec des mots ou grâce à de fougueux baisers. Tout au long du rapport, vous vous assurez que votre amante savoure vos caresses et les prouesses de votre verge. Vous manifestez tout le plaisir qu'elle vous fait ressentir et à quel point vous la désirez. Vous complimentez votre amante avant, pendant et après l'acte afin qu'elle se sente extrêmement désirée et désirable.

4 LES CARESSES, TU SAVOURERAS

Vous effleurez, caressez, touchez, massez, embrassez et léchez le corps de votre partenaire. Pour vous, la pénétration n'est pas le cœur de l'acte sexuel. Vaillant, consciencieux et perfectionniste, vous prenez le temps de découvrir chaque parcelle du corps et du sexe de votre amante et goûtez les moindres recoins de sa peau.

5 LA VULVE, SUR LE BOUT DES DOIGTS TU CONNAÎTRAS

Point G, clitoris, grandes et petites lèvres, périnée, orgasme clitoridien interne ou externe, frout, *squirt*... Tous ces termes n'ont plus aucun secret pour vous qui connaissez parfaitement le corps de votre partenaire. Fin stratège, vous savez user de vos doigts et connaissez de nombreuses techniques pour combler et faire frémir de désir votre amante.

6 SON DÉSIR, PAR LA FRUSTRATION, MONTER TU FERAS

Vous savez vous faire désirer et attendre le moment propice pour satisfaire ses envies. Vous êtes parvenu à inverser les rôles, si bien que c'est votre amante qui a manifesté expressément son envie de faire l'amour. Pendant l'acte, vous savez osciller avec précision entre les différentes zones plus ou moins sensibles du corps de votre amante afin de créer d'exquises sensations de manque.

7 DU CLITORIS, L'IMPORTANCE TU CONNAÎTRAS

Vous savez que la plupart des femmes ne jouiront pas avec la seule pénétration vaginale, les parties externes de leur clitoris ayant besoin d'être stimulées pour un maximum de plaisir. Aussi, vous veillez à le toucher et à le stimuler régulièrement tout au long du rapport. Très soucieux du plaisir de votre partenaire, vous l'invitez également à se masturber si elle le souhaite afin que ses sensations soient décuplées.

8 LES POSITIONS, TU MAÎTRISERAS

Vous maîtrisez les positions dites « classiques » (missionnaire, Andromaque, levrette, cuillère...) et leurs variantes. Les plus érudits connaissent même leurs origines culturelles et leur histoire. Rapidement, vous découvrez les positions préférées de votre amante et lui faites régulièrement découvrir de nouvelles postures plus exotiques.

9 CONFIANCE EN TOI, TU AURAS

Sûr de vous, vous savez prendre les choses en main et jouer tantôt sur la douceur, tantôt sur la bestialité de vos caresses et de votre pénétration. Face à une éventuelle panne, vous savez reprendre le dessus et réagir tel un véritable gentleman.

10 DES PRÉJUGÉS, TU T'AFFRANCHIRAS

Sextoys, fantasmes secrets, sodomie ou plaisirs dits « coupables », vous vous évertuez à satisfaire chacun des désirs et des envies de votre amante, quels qu'ils soient, sans émettre de jugement. Ensemble, vous découvrez une sexualité épanouissante basée sur la communication, le respect et la réciprocité.

CONCLUSION

Cher lecteur,
Avec la lecture de cet ouvrage, vous venez de
Pénétrer avec élégance et vivacité
Dans l'univers des femmes, qui
Ne sera désormais plus un secret pour vous.
Vous connaissez le pouvoir d'une caresse ou d'un
Baiser, avec douceur ou avec fougue,
Et l'importance de stimuler l'esprit de votre amante.
N'oubliez jamais de vous servir de vos
Connaissances, apprises sur le bout des
Doigts, qui toucheront au plus profond les
Femmes. Elles rugiront de plaisir, telles de délicates
Chattes impressionnées par votre
Talent, par vos envies su-
bite(s) mais aussi par vos compétences et votre personnalité.

(Pour plus de précisions, ne lisez qu'une ligne sur deux.)

NOTES

NOTES

NOTES

NOTES

NOTES

NOTES

NOTES

NOTES

Dépôt légal : mai 2020

Achevé d'imprimer en mai 2020 en France
par La Nouvelle Imprimerie Laballery.
N° d'impression : 105011

La Nouvelle Imprimerie Laballery
est titulaire du label Imprim'Vert.